パレット文庫

快感♡フレーズ
〈番外編〉 香港狂詩曲《ホンコンラプソディー》

原作／新條まゆ 作／高橋ななを

JN285585

小学館

登場人物紹介

大《おお》河《こう》内《ち》咲《さく》也《や》

17歳。超人気ロックバンド〝リュシフェル〟のボーカル。愛する愛音のためなら、どんな危険なことにも挑《いど》んでいく。

雪《ゆき》村《むら》愛《あい》音《ね》

17歳、高校生。〝リュシフェル〟の専属作詞家。咲也を愛するために、度重なる試練を乗り越えて……。

高山仁司《たかやまひとし》

"リュシフェル"の世界進出のために力をふるう、敏腕《びんわん》プロデューサー。

麗蘭《れいらん》

香港《ホンコン》で、愛音と敦郎をさらった、香港黒社会《ハッセーウイ》に暗躍する美しく冷酷な女ボス。

リュシフェルのメンバー

敦郎《あつろう》(ギター)

雪《ゆき》(ギター)

サン太《た》(ドラムス)

TOWA《トーワ》(ベース)

イラスト／新條まゆ

Contents

快感♡フレーズ〈番外編〉

香港《ホンコン》狂詩曲《ラプソディー》

夢への第一歩

ジャン……！

切り裂《さ》くような敦郎《あつろう》のギターの音を残して。

光に満たされていたステージが、漆黒《しっこく》の闇《やみ》に包まれた。

静寂《せいじゃく》。そして闇。

その闇の中から、スッと一条のレーザー光線が下りてくる。

咲也《さくや》の瞳《ひとみ》と同じ色の、さえざえと澄んだブルーグレーの光。

アリーナを埋めつくしたファンから、新たな歓声が上がる。

その中央に、マイクを持った咲也の姿が浮かび上がった。

「咲也！」

「咲也ああ！」

悲鳴にも似たファンの呼びかけに、咲也はフッと目で微笑《ほほえ》み。

手にしたマイクをスッ……と上げた。

「Ｃｏｍｅ　ｏｎ！」

革のジャケットを、咲也は上に放り投げた。

『きゃあっ』というような、黄色い悲鳴がわき起こる。

カッカッカッ。

サン太《た》がスティックを鳴らすのと同時に。

再びステージは、真昼のような明るさに包まれた。

キレた天使と悪魔の
ハーフなんだね俺たち
罪《つみ》のダイヤをしゃぶった
ヒステリックな唇《くちびる》で
失くした夢を探すようなＫＩＳＳ……

革のパンツと革のベスト姿になった咲也が、『堕天使《だてんし》ＢＬＵＥ《ブルー》』を歌い出す。

「咲也ーっ！」

「敦郎ー！」

観客のボルテージは最高潮に達し。

うねるような熱気は、ホールの天井《てんじょう》をつき破るかと思われた。

のべ四十万人以上を動員した、東京ドーム7DAYS《デイズ》ライブ。

全国ツアーと、ツアーと並行して行ったシークレット・ライブ。

史上空前の三十万人を興奮の坩堝《るつぼ》に落とし込んだ、リバーサイドGIG《ギグ》。

『ルシファー』から『リュシフェル』へ。

そして、『日本のリュシフェル』から、『世界のリュシフェル』へ——

その一歩がもうすぐ、刻《きざ》まれようとしていた。

「世界進出の第一歩は、まずアジア制覇《せいは》からよ」

メトロレコード本社。

スタッフのためのミーティングルーム。

プロデューサー・高山仁司《たかやまひとし》が、ウエーブのかかった長い髪をかき上げながらそう言った。

「最初の足がかりは——まずここね」

高山の指は、香港《ホンコン》をさしていた。

集まっていたスタッフが、ざわっ……となる。

「香港——それからマカオ」

高山は続けた。

「歴史があり、パワーにあふれたエキゾチックな街《まち》……リュシフェルの世界進出第一歩に、ふさわしい都市だと思わない？」

高山はスタッフを、そしてリュシフェルのメンバー一同を、ぐるっと見回しながらあでやかに笑った。

「知ってのとおり、香港は元イギリス領。そこを制覇できたら、次は照準をヨーロッパに定められる」

英国は、ロックミュージックの本場、聖地とも言える。

アジアで手応《てごた》えを感じ取ったなら。

一気に活動の場を、世界レベルへ持っていく。

敏腕《びんわん》プロデューサー・高山は、どこまでも攻撃的だった。

（香港かあ——）

愛音《あいね》は、自信たっぷりに語る高山の顔を見つめていた。

（またしばらく、咲也と離れ離れになっちゃうんだ……）

リュシフェルの世界進出は嬉《うれ》しいけれども。

（高山さんは、あたしが同行するのは許《ゆる》してくれないだろうな……）

やり手のプロデューサー・高山は、仕事に関しては特に厳しい。

全国ツアーにレコーディング。

ジャケット撮影に、ＴＶの出演にリハーサルに――

咲也はあいかわらず、殺人的なスケジュールをこなす毎日で。

同じ部屋に暮らしていても、一緒に過ごせる時間は少なくて。

(移動日とかリハーサルを入れると、一週間くらいかな。また咲也の顔が見られなくなっちゃう……)

「…………」

思わず愛音が、しゅんとなりかけた時。

隣《となり》にいた咲也が、テーブルの下で、手をそっと伸ばしてきた。

咲也の手が、愛音の手に重ねられる。

咲也の顔は、あくまでも正面の高山のほうを向いている。

けれども会議用のテーブルの下では。

咲也の長い指は、愛音の手をそっと包むように触れたかと思うと。

指きりでもするみたいに、しっかりと小指と小指をからませてくる。

(咲也……)

愛音が咲也の横顔を見つめると。

咲也は横顔だけで、ちらっと愛音に微笑みかけてくれる。
小指と小指が結ばれているだけで。
高山の話す声が、すうっと遠ざかっていって。
まるで咲也と、二人きりの時間を過ごしているような気がしてくる。
と――
咲也の指が、つながれた愛音の手ごと、愛音のスカートの中に入ってきた。
なでるように。
なめらかな肌《はだ》の感触を確かめるように――
（さっ、咲也！）
愛音は小声で咲也に訴《うった》える。
（だめっ、今はミーティング中……）
けれど咲也は、愛音がおしとどめようとしても。
今が打ち合わせの最中だということにも、まったく頓着《とんちゃく》しない。
（あ……）
思わず、愛音が声を上げそうになった時。
「咲也、愛音、話はちゃんと聞きなさい」
教師のような高山の声が飛んでいた。

「聞いているさ」

咲也は握っている愛音の手を放さずに、高山に向かって言った。

「『香港では、日本並にカラオケ文化が定着しているの。香港でのカラオケリクエスト数をリサーチしてみたら、一位が「Ｌｏｖｅ Ｍｅｌｏｄｙ」、二位が「月花」――以下は資料を見てもらえばわかると思うけど、かなり日本とは違うデータが出ている』……」

咲也は、さっきまで高山が話していた言葉を、そっくりリピートしてみせた。

一語一句も違えず、まるでテープを回したように正確に――

「なんなら、あんたの振りマネ付きでやってもいいぜ。こう髪を斜めにかき上げて――」

「ぶっ」

敦郎が笑いだしそうになり、高山にジロリと睨まれる。

「結構よ。余興をやってもらってるヒマはないわ」

クールさを装ってはいたが、完全に高山の負けだった。

「まったくもう、あんたたちは――」

ブツブツとつぶやいたあと、気を取り直すように髪をかき上げ、

「近々スケジュールを固めるわ。これはもう計画じゃない。もうスタートしてると思ってちょうだい」

メンバー、スタッフを見回しながら付け加えた。

「あなたたちの活躍、期待しているわよ」


「俺、俺、香港って初めて！」

スタッフが解散したあとのミーティングルーム。

敦郎が嬉しそうに声を上げる。

「楽しみだなあ。飲茶《ヤムチャ》に豪華な中国料理♡」

「やっぱり、本場で映画を見なくちゃな」

かたわらでサン太が言う。

「それを言うなら、マカオでカジノとしゃれこまなきゃ」

その隣でTOWA《トーワ》が微笑んだ。

「ちょっと、あんたたち！」

はしゃいでいるメンバーに、高山のヒステリックな叱責《しっせき》が飛んだ。

「遊びに行くんじゃないんですからねっ、まったくもう……」

これ見よがしに、大きくため息をついてから、

「……ま、プレッシャーでガチガチになってるよりは頼もしいけど？」

誰に向けてか、軽く片目をつぶってみせる。

「それから、愛音」

高山に呼ばれて、愛音は体を固くした。

(やっぱり、『香港には来るな』って言われちゃう……)

はっきり『だめ』と言われてしまうのと、『だめだろうな』と想像しているのとでは、気分がぜんぜん違う。

下を向いて、高山の顔を見られずにいると、

「香港ツアーに、あんたの同行は認められないわ。物見遊山《ものみゆさん》じゃないんですからね」

案の定、高山にそう告げられてしまった。

(やっぱり……)

そう思っていると、

「もちろん、愛音だけじゃなく、『家族』の同行も許さないから、そのつもりで」

高山は、敦郎と雪《ゆき》のほうを振り返って言う。

「えー、そんなあ……」

敦郎が、不満の声をもらしかけた時だった。

「——ま、ツアーに同行することは許可できないけど」

高山は、クールな表情を崩さないまま言葉を続けた。

「ただその時期に、たまたま家族が香港旅行に出かけるっていうんなら、わたしに止める権利はないわね」

「え……？」

愛音は一瞬、耳を疑う。

『たまたま香港旅行に出かけるっていうんなら』……

つまり、別便でなら、同行を許す。

高山は、そう言っているのだった。

ぱあっと花が咲くように、愛音の心に喜びが広がる。

「やったあ！　さっすがプロデューサー、話がわかる!!」

ガシッ！

思わず高山に抱きついたのは、敦郎だった。

飼い主を慕《した》う子犬のように、高山にじゃれついている。

「おやめ、暑苦しい」

わざと邪険《じゃけん》に、高山は敦郎を振り払った。

「今回だけは特別よ。あんたたちには、本っ当に頑張ってもらわなきゃ困るのよ」

『本っ当に』のところで語気を強めながら。

高山は、敦郎にじゃれつかれて乱れた髪を直しながら言う。

「この間の三十万人ライブで、海外のマスコミもリュシフェルを注目し始めてるのよ。今回のアジアツアーに成功できなきゃ、リュシフェルの世界進出はただの夢物語で終わってしまうんだから」

本当にそうだった。

高山が、しぶしぶながらも愛音たちの香港行きを許すのは。

ハードなスケジュール。

大きなプレッシャー。

それだけリュシフェルのメンバーにとっては、タフなツアーになる。

だから、恋人や家族の存在が必要——そういうことだ。

「うん、俺、頑張るっ！」

元気百倍といった感じで、敦郎がはずんだ声で返事をする。

「本当に、期待してるわよ」

高山はちらりと微笑むと、ドアを開けて、ミーティングルームを出ていった。

「えーと、歯ブラシと化粧品は入れた、と。それからパジャマとランジェリーはＯＫ。あとは……」

出発前日の夜。

愛音はまだ、スーツケースの中身と格闘中だった。

そんな愛音を見て、ソファの上でくつろいでいた咲也がフッ……と微笑む。

「なに？　あたし何か、すっごく大事なもの忘れてる？」

真剣な顔をして聞く愛音に、

「いや——」

咲也は小さく笑いながら答える。

「つくづく、女ってのは大変だなって思ってさ」

「うん。大変っていうか——」

愛音はうなずく。

「でも、女の子って、こういうことも楽しいんだよ。何を着ていこうか考えながら荷物をつめたり、『あそこの店へ行こう』とか『あれ食べよう』とか計画したり……」

愛音は、バッグからパスポートを取り出す。

「これ、キーウエストへ行った時のスタンプ。あたしが、初めて行った海外旅行」

咲也に、パスポートのスタンプ欄を開いて見せる。

「この出入国のスタンプって、咲也と一緒に外国へ行った記念みたいなものでしょ？」

愛音は、大きな瞳を輝かせながら咲也に言う。

「こうやってパスポートにスタンプが増えていくのも、あたしにとってはすごく嬉しいことなの。記念っていうか、大切な思い出でしょ？」

そう言いながら、大事そうにパスポートを胸に抱きしめる愛音。

咲也は、その愛音の腰を、長い腕で引き寄せた。

「そういうもんなのか……」

少しクセのある、愛音の髪。

さらさらの感触を確かめるように髪に触れながら、咲也は言う。

「俺には、そういうことはよくわかんねェけど――」

手を伸ばして咲也は、愛音の首筋に指をすべらせる。

首筋からうなじへ、うなじから胸元へ……。

「ダメだよ……咲也」

愛音は、咲也から離れようとしたけれど。

咲也の強い腕は、愛音の体をグッと引き寄せていた。

「あっ――」

ソファに倒れこむ形になった愛音の耳に、

「俺が印してやるよ……」

咲也は、熱い息を吹きかけながら囁《ささや》いた。

「おまえのパスポートにじゃなく、おまえの体に………」

「あっ――咲也っ………」

熱い吐息が首筋にかかって。

愛音はソファの上で、体をふるわせる。

咲也の指が器用に、背中のボタンを外し始めていた。

「ダメだよっ……明日は、集合時間が早いんでしょ？」

たしか香港行きのフライトは、成田《なりた》発の午前便で………

そう言って、咲也の動きをストップさせようとしても。

咲也の手の動き、唇の感触は、意地悪なくらいに甘くて。

頭の中が、かすみがかかったようにぼうっとして。

愛音は、何も考えられなくなってきてしまう。

「フライト時刻なんか、気にすんな」

やっとのことで愛音が目を開けると。

咲也のブルーグレーの瞳が、愛音を見下ろしていた。

「寝なけりゃいい」

咲也はそう言って、強引に唇を重ねてきた。

強引で、情熱的なキス。

初めて飲む、名前も知らないカクテルのように。

しびれるほど強く。せつないほど甘美に。

咲也の唇が、愛音を酔わせていく。

「んっ――」

体の奥が、とけるように熱くなっていく。

白い肌が、バラの花びらのように薄いピンクに染まって――

「あたしっ……まだシャワー浴びてなっ……」

とけてしまいそうになりながら、愛音は咲也の腕の中で小さく声を上げた。

「あとで二人で浴びればいい」

「それに……明日の支度がっ――」

そう言いかけた愛音の唇をふさぐように、咲也は唇を重ねる。

「もう――しゃべるな」

「あっ……」

愛音の手から、パスポートがパサリと床に落ちた。

咲也は、目を閉じた愛音を、軽々と両腕に抱き上げて。

リビングの奥の、二人の寝室へと連れていった。

アクシデントは突然に

香港までのフライト時間は、約三時間半。

広々とした、ファーストクラスの席に着くなり。

『食事はいらない』

咲也は機内食を断《ことわ》って、上等のバーボンをストレートで数杯かたむけると。

シートに深々と身を沈めて、そのまま目を閉じた。

「それにしても、よっく眠るよなあ、咲也の奴」

隣の席――と言っても、かなりの距離があるのだが――から敦郎が、熟睡している咲也の顔をのぞき込んで言った。

「そりゃ、ゆうべ、眠らなかったからじゃないのか？」

と、横からサン太が口を出す。

「寝てないって、なんで？」

きょとんとしている敦郎。

「ぶっ、敦郎、ニブ過ぎ」

サン太が吹き出す。

TOWAも苦笑を噛《か》み殺している。

雪は涼しい顔で、ミステリーの本を読んでいる。

「あい変わらず、可愛《かわい》いっていうか、天然なヤツ」

「おまえ、そんな調子で、香港で誘拐《ゆうかい》されたりするなよっ」

サン太が、敦郎の頭をなでるジェスチュアをした。

「そうそう。日本と違って物騒だからな」

TOWAがしかつめらしい顔でうなずく。

「香港のデパートの試着室は、床が抜けて落っこちる仕組みになってて、さらわれた奴がいるって話を聞くからな」

「『お菓子をあげるから』なんて言われても、絶対に知らない人に付いていったりするなよっ」

「なんなんだよっ、二人とも!!」

まるで小さな子供のような扱いをされて、敦郎がむくれる。

「もうっ、あんたたち、静かになさいっ！」

とうとう高山の声が飛んできた。

「まったく、なりばかり大きくて、中学生の修学旅行じゃないんだから……」

サン太とTOWAは、くっくっくっと笑いを肩でこらえ。

さんざんからかわれた敦郎は、さらにむくれて、ヘッドフォンを耳にかけてシートの上にふんぞり返った。

ポーン……

「皆様、当機はこれより、香港国際空港に向けて高度を下げて参ります。シートベルト着用のサインが消えるまで——」

広東語《カントン》に続いて、日本語のアナウンスが機内に流れ。

飛行機がゆっくりと、その高度を下げていく。

国際都市・香港の高層ビル街が、眼下《がんか》に姿を現した。

「……」

いつの間にか目を覚《さ》ましていた咲也が、フッと窓の外に顔を向ける。

雪は読みかけのペーパーバックを閉じ、同じように窓の外に目を向ける。

サン太とTOWAも話すのをやめ、近づいてくる摩天楼《まてんろう》を見つめている。

敦郎も神妙な顔で、窓ガラスに顔を寄せていた。

いよいよだ。

表情は違っても、五人の胸に浮かんだ思いは一つだった。

香港。

世界進出への第一歩を踏み出す土地に、リュシフェル——自分たちは、もうすぐ降り立とうとしている。

その記念すべき香港ツアーが。

思わぬ危険なアクシデントに見舞われてしまうなどということは、まだ誰も知る由《よし》もなかった——


「ふーっ、暑ーっ」

サン太が、汗に濡《ぬ》れたTシャツの袖《そで》をまくり上げる。

香港の夏の平均気温は、二十五〜三十度。

湿度は、日本の夏よりも高い。

もちろん、スタジオ内は冷房がきいているが、ドラマーの動きはハードだ。すぐに汗をかいてしまう。

「ここのサビの前。もっと敦郎が走ってもいい気がする」

雪が譜面をさし示しながら口を開いた。

「うーん……こんな感じ？」

敦郎が軽くギターを弾く。

暑い日というせいもあって、みなラフめの服装で練習している。

敦郎などは、開襟のシャツに短パン姿だ。

「ん。いいな」

雪が微笑み、ＴＯＷＡがうなずいた。

真ん中で咲也は。

スタンドマイクに右手を置き、体の中のリズムを確かめるように、一言も言葉を発さないでいる。

「もう一度、通してやろう」

雪が言い、汗をふいたサン太がドラムスティックを持ちなおした。

「オーケイ。ワン、トゥー……」

――その練習風景を愛音は、防音ガラス越しにじっと見つめていた。

空港から、『的士』――タクシーを飛ばして。

たった今、ここ彌敦道《ネイザン・ロード》沿いのスタジオに到着したばかりだった。

マイクを手に、咲也が歌い出す。

防音ガラス越しなので、愛音に音は聞こえてはこない。

けれど、見ている愛音には伝わってくる。
咲也のいつもの、小指だけ内側に回してマイクを持つ歌い方。
広い音域の、セクシーな声。
刻まれる、熱く激しいビート。
流れるようなギターの音色……
ステージの上で、ライトを浴びている咲也は。
もう、表現する言葉もないくらいに格好いいけれど。
こうして熱心に練習している咲也も、愛音にとってはたまらなく魅力的だった。
たったの一便、飛行機をずらしただけなのに。
どうしてこんなに、咲也が恋しくなってしまうんだろう……？
(ここに来られて良かった……)
愛音が、しあわせを噛みしめていると。
『あっ、愛音ちゃんだっ！』
自分の姿を見つけた敦郎の口が、そう動いた。
「愛音ちゃんっ」
防音扉を開けて、敦郎が満面の笑みを見せた。
「今着いたの？　一人？」

そう聞いて、キョロキョロしているのは。

血のつながらない姉であり、恋人である祐香《ゆうか》の姿を探しているのだった。

「祐香さんね、先にホテルにチェックインしてるの」

愛音は答えた。

「もう少ししたら、差し入れ持って来てくれるって」

「やった、ラッキー！」

敦郎は無邪気《むじゃき》に手を叩き、それから、

「喉《のど》かわいたあ。飲み物買うから、手伝って」

スタジオの外に出てきて、扉を閉めた。

そして、愛音を自動販売機のあるほうへ連れていく。

廊下の角を曲がって、セブンアップや、『可口可楽』と書かれたコーラの売っている自動販売機の前に来て、

「――あのさ、愛音ちゃん」

敦郎は、少し声をひそめて切り出した。

「悪いけど、少し時間ある？」

「時間……？」

愛音が答えるより先に、さらに声をひそめて敦郎は言う。

「実はさ、ねェちゃ――祐香に、内緒で指輪を買いたいんだ」

敦郎は、香港セントを手の中でもてあそびながら言う。

「指輪を？」

「日本で買うと、芸能人ってことで、どうしても目立っちゃうだろ？　ここでならマスコミもうるさくないし……内緒でプレゼントして、驚く顔を見たいんだ」

（時々思うけど、敦郎くんってホントに可愛い）

内緒でプレゼントなんて、敦郎らしい思い付きだと思う。

照れて敦郎は、頬《ほお》を人さし指でポリポリとかいている。

その仕草《しぐさ》が、男性とは思えないほど可愛らしく愛音の目には映った。

香港での時間は貴重だけれど。

（祐香さんに真剣に恋している、敦郎くんのためなら――）

そう思い、愛音はうなずいた。

「あたしで役に立つんなら」

「やったーっ！」

敦郎は、本当にストレートに喜びを表現してくる。

「おーい、コーラまだかよっ」

廊下の角の向こうから、サン太の待ちかねたような声が飛んでくる。

「今行くよっ」

敦郎は返事をしてから、急いで自販機の投入口にコインを入れ始める。

一つ、コーラのボタンを押してから、愛音を振り返った。

「このあと、夜のTV出演まで、俺たちもフリータイムなんだ」

ガタン、とコーラが落ちてくる。

「いったん別れてから、待ち合わせでいいかな？」

敦郎は冷えたコーラを、愛音に一本手渡しながら言った。

「ここの通りをずっと行ったところに、マクドナルドがあるんだ。ホテルとは反対側。そこで待ち合わせってことで」

「うん」

愛音はうなずいた。

「じゃっ、待ってるからねっ」

無邪気に敦郎はそう言うと。

コーラ五本を抱えて、スタジオの中へ戻っていった。

(ちょっとだけなら大丈夫《だいじょうぶ》だよね)

敦郎の買い物に付き合う。

咲也がもし、『ノー』と言ったら、ややこしいことになってしまうので。

ちょっとだけ愛音は、咲也に隠《かく》し事をしようと決めた。

練習が終わったあと、愛音は意を決してスタジオの中に入っていく。

「あとでもう一度、音響のほうに確認してみるけど……」

咲也は雪と、まだ話を続けていた。

「器材はオーケイだ。――じゃ、また夜」

話が終わったあとで、愛音は咲也に声をかける。

「咲也、あの、いいかな?」

「愛音」

咲也が、ゆっくりとこちらを向いた。

その澄んだブルーグレーの瞳に見つめられるだけで。

自分の心の中など、すぐに見透かされてしまうような気がする。

自分のつく小さな嘘《うそ》など、かんたんに見破られてしまいそうで――

(でも、これは、敦郎くんと祐香さんのためだもんっ)

愛音は、自分自身に言い聞かせる。

「咲也、あたし、いったん自分のホテルに帰って、荷物の整理してくる」

愛音と祐香は、『同行』を許されたわけではない。

だから、飛行機は別便にし、ホテルは別々にとってある。

あくまでも表面上は、なのだけれど……。

「ああ」

咲也は短く答えて言った。

「待ってるからな」

『待ってるから』――

咲也の唇から出てくるだけで。

ただの短い言葉が、すごく意味深なセリフに思えてくる。

どんなにカジュアルな格好をしていても、スタイリッシュに決まってしまう。

Tシャツの袖から伸びた、引きしまった腕。

すっきりと整った顔立ちは、どんなサイケな柄のシャツも、難なく着こなしてしまう。

腰の位置ではいたブラックジーンズも、咲也のワイルドでセクシーなルックスにぴったりで。

いつも咲也を見ている愛音でさえ、思わず見とれてしまうことがある。

「う、うん」

やっとのことで返事をして、愛音はスタジオをあとにした。

胸がドキドキしている。

咲也のフェロモンにあてられてしまったからなのか、それとも、咲也に隠し事をしている罪悪感からなのか――

愛音の手の中で、コーラの缶が汗をかいていた。


「これも、すんごくキレーだよね。――あ、でもねェちゃんには、やっぱりシンプルなやつのほうが似合うかなあ……」

香港の目抜き通りであるネイザン・ロード沿いは、いかにも『香港らしい』街並《まちな》みがえんえんと続く。

大型ショッピングモールやブティック、小売店までが、ごちゃごちゃとひしめきあっている中。

敦郎はゴキゲンで、ジュエリーブティックというブティックを回っていた。

通りはにぎやかで、人通りも多い。

が、観光客の少ない夏場とあって、日本人の姿はあまり見られない。

とは言っても。

あと二、三日もすれば、リュシフェルの熱心なファンが、街を埋めることになる。

リュシフェルの香港ライブのために、日本のリュシラーたちが、海を渡ってやってくるのだった。

『リュシフェル効果』に、旅行会社は嬉しい悲鳴を上げているという。

ファンがやってくる前に、自由な時間を楽しんでおく。

善は急げ、ということだ。

敦郎のテンションが上がるのも、無理のないことなのかも知れなかった。

「最初はさあ、ティファニーとかカルティエとか、ブランド物のにしようかと思ったんだよね」

唇に指を当てながら、敦郎は話す。

「でも、ねェちゃ――祐香はブランドジュエリーより、俺が悩んで悩んで選んだもののほうを喜んでくれそうな気がするんだ。だから………」

(そんなに思われて、祐香さんはしあわせ者だね)

敦郎を見ていると、愛音はそんな気分になる。

「――あ、そうだ、愛音ちゃん」

不意に思い出したように、敦郎はリュックの中からカメラを取り出し、

「これで、俺の写真、撮《と》ってくれる？」

愛音にカメラを手渡した。

「一応、みんなには、『ブラブラして街の写真でも撮ってくる』って言ってきてあるんだ。だから証拠に……」

敦郎は数歩下がって、『新客飯店』と大書された看板の前で、親指を立ててニッコリと笑う。

カシャッ。

愛音がカメラのシャッターを切ると。

「あっ、こっちのほうが、香港っぽいかな？」

敦郎は、反対側の路地に近いほうへ走っていって。

「こっちもお願い」

カシャッ。

乾物《かんぶつ》が並んでいる店の前で、ポーズをとってフィルムに収まった。

「ありがとう、愛音ちゃん」

愛音からカメラを受け取った敦郎は、

「あっ、『猫が干物を盗む』の図！」

魚をくわえた白い猫が細い道へ消えるのを追って、さらに、カシャッ、カシャッ。

シャッターを切った。

「ははっ、逃げちゃった」

カメラをしまった敦郎は、愛音の顔をのぞき込んで聞く。

「——ごめんね愛音ちゃん、疲れてない？」

「ううん」

愛音は首を横に振って答える。

「でもちょっと、喉がかわいた……かな？」

「んー、俺も、喉かわいたなあ」

敦郎は、シャツの襟《えり》からパタパタと風を入れるジェスチュアをした。

「よしっ、どっかでお茶しよう」

敦郎は、きょろきょろと辺りを見回しながら歩き出す。

愛音も敦郎について歩いていく。

けれども、さっき敦郎がレンズを向けた路地の奥から。

「…………」

獲物《えもの》を狙《ねら》うヘビのような目つきで、敦郎と愛音をじっと見ている連中がいることに、二人はまったく気づいていなかった。

「ここは、お茶飲める処《ところ》かな？　違うかな……？」

つぶやきながら敦郎は、ネイザン・ロードを歩く。

ネイザン・ロードには、座ってお茶が飲めるような場所が、ありそうでなかなか見つからない。

繁華街《はんかがい》からだいぶ離れてしまっていたので、お茶ができそうなホテルもない。

「通り沿いじゃなくって、一本違う道に入ろっか？」

敦郎は適当な道を、ずんずん入っていく。

入っていってから、あまり人通りがないのを見て、

「うーん、ここは、違うっぽいな」

そうつぶやいて、元の道へ戻ろうとした時。

肩から下げたリュックを、いきなり後ろから摑《つか》まれた。

「わっ」

グイと後ろに引っぱられて、敦郎は転びそうになる。

「敦郎くん！」

愛音が叫んだ。

見ると、目つきの悪い若い男が、敦郎のリュックを奪い取ろうとしていた。

が、敦郎も男の子だ。

「なんだよっ!!」

力まかせにリュックを奪い返し、相手をキッと睨《にら》み返す。

睨み返したと思ったら。

男の出てきた、人一人がやっと通れるような細い道から。

いずれも目つきの悪い男二人が出てきて、敦郎をとり囲もうとした。

「愛音ちゃん、逃げろっ!」

敦郎は、目の前の一人を突き飛ばしておいて、

「こっち!」

愛音の手を取って、もと来た道へ全力疾走した。

五十メートルほど走って、もとのネイザン・ロードへ出て。

「――――はあ、はあっ……」

息を切らして、敦郎は後ろを振り返る。

さっきの三人は追ってこない。

「ごめん。怖い思い、させちゃって……ケガ、ないよね?」

敦郎に聞かれて、愛音も後ろを振り返りながら、

「うん……」

弾《はず》んだ息の中から、ようやく答える。

「やっぱり、外国は物騒なんだな」

背中のリュックを確かめながら、敦郎は言った。

「だいぶ淋《さび》しい場所へ来ちゃったな。もっと繁華街のほうへ戻ろう」

人通りの多い道を一本外れただけで、まったく通りの雰囲気が違ってしまう。

ここは外国。

東京も物騒になったと言われるけれど、そういう危なさとはケタが違う。

用心して辺りを見回しつつ、来た道を戻り始めた。

やがて、高級ホテルやブティックが見える場所まで戻ってきたところで。

「もう、ここなら大丈夫だよね」

そう言って敦郎は、日本でも見慣れたファーストフードの前で足を止める。

「お茶しよう。日本と変わりばえしないけど、こういう処なら大丈夫」

敦郎が冷たい飲み物を買って。

混んでいる一階をさけて、冷房のきいた二階へ足を向ける。

「あー、生き返るっ」

冷たいアイスティーを飲んで。

敦郎は『ふうっ』と大きくため息をついた。

「ホントにごめんね、愛音ちゃん。怖い思いまでさせちゃって」

姿勢を正して謝《あやま》る敦郎に、

「ううん、平気」

愛音が微笑んだ時だった。

コツ、コツという、ハイヒールの音がして。

二人のテーブルの前に、華《はな》やかなワンピース姿の女性が立った。

「あの、お嬢《じょう》さん」

流暢《りゅうちょう》な日本語だった。

「ハンカチが落ちてますわ」

そう言って、愛音の足元にあったハンカチを拾い上げた。

ふわり……と、強い香水の香りが鼻をかすめた。

(うわ、美人——)

(キレイな人……)

思わず二人とも、目の前に現れた美女に目が釘《くぎ》づけになってしまう。

絹糸のような黒い髪に、ヒスイを思わせる緑の瞳。

日本人ではなさそう――ハーフかな？

そんなことを考えている間に、

「じゃ、失礼しますわ」

女性は、ハンカチをテーブルの上に乗せると、階段を下りていってしまう。

その人の姿が見えなくなってから。

「美人だったな――」

敦郎がため息をついて、アイスティーを一口飲む。

「うん。でもこれ、あたしのとは違うみたい」

愛音もハンカチを見ながら、オレンジジュースを飲んだ。

「落とし物で届けよう」

敦郎は椅子《いす》から立ち上がりかけた。

いや――

ガタンッ。

正確には、立ち上がろうとして立ち上がれずに、敦郎はテーブルの上に突っ伏してしまっていた。

アイスティーを入れた容器が倒れて、中でガラガラと氷の転がる音がする。

「どう、したんだろ……体が動かない……」

手足に力が入らない。

必死で目を開けようとしても、瞼《まぶた》が重しでも付けられたように重い。

「敦郎くん!?」

愛音も立ち上がろうとしたけれど。

めまいみたいな感覚に襲われて、テーブルの上に倒れてしまう。

(体が動かない——いったい何が起こったの?)

それっきり、愛音は何もわからなくなった。


「うまく行きやしたね」

遠くで誰かの話す声を、敦郎は聞いたような気がした。

「…………」

『助けて』と言おうとしたけれど、声が出ない。

「さすがボス、あざやかな手ぎわでやしたね」

へつらうような男の声。

「ふん。おまえたち、ヤキが回ったんじゃないのかい?」

迫力のある女の声。

だけど、どこかで聞いたような……。

「こんなガキ二人捕まえるのに、手間かけさせんじゃないよ」

この声。さっきの美人の声――？

強い香水の匂いを、フッとかいだような気がした。

けれども。

それからあとのことを、敦郎は何も覚えていない。

熱くて危険な夜

「愛音が部屋に戻ってない？」

咲也が、ピクリと眉《まゆ》を上げた。

「そうなの………」

祐香はうなずいた。

「あいつ、荷物の整理をするからホテルに戻るって言ってたはずなんだが――」

口もとに手をやり、咲也は考えるような表情になる。

「――それに、敦郎もホテルに帰ってないの」

祐香は不安そうに、手を胸の前で組み合わせている。

練習が終わって、スタジオを出たのが二時。

『ちょっとその辺ブラブラして、写真撮ってくるんだ』

敦郎はそう言って、繁華街を咲也たちとは別方向に歩いていった。

今夜出演予定のＴＶ番組の放送が、夜九時半。

リハーサルをかねた、かんたんな打ち合わせがあるので、遅くても八時半には局入りしなければならない。

今の時間が七時半。

空の色は、まだ明るさを残してはいるが、もう夜と言っていい時刻だった。

愛音も敦郎も、子供ではない。

かりに、街で迷ってしまったにしても、これほど遅くなるとは考えにくい。

少々のトラブルがあったとしても、連絡くらいはできるはずだ。

何かがあった。

連絡さえできないような何かが――

そういう方向に考えを持っていかざるを得なくなる。

「俺、二人は一緒だったんじゃないかと思う」

やや控えめに、咲也と祐香を気づかうように、サン太が主張する。

「そういえばスタジオで、敦郎と愛音ちゃん、何か話してたよな……」

TOWAがうなずいた。

「二人で行動してる時に、何かがあった――」

「そんな……」

祐香が声をふるわせる。

そっと雪が祐香の肩に、支えるように手を触れる。

「まだ二人が、トラブルに巻き込まれたと決まったわけじゃない」

雪は言った。

「今、七時五十分だ。あれこれ憶測してても仕方がない」

冷静な声で、雪は言葉を継《つ》いだ。

「祐香さんは、二人から連絡があった時のためにホテルにいて。高山さんには俺から報告する」

祐香が、コクリとうなずく。

雪は、メンバーの顔を見渡した。

「番組を急にキャンセルするわけにはいかない。敦郎は急病ということにして、ＴＶには出演する」

「…………」

サン太とＴＯＷＡがうなずいた。

雪は続けた。

「その上でもし、今夜じゅうに二人の消息がつかめないようであれば、地元の警察に連絡する」

「…………」

それまで黙って、雪の言葉を聞いていた咲也が。

ゆっくりと三人に背中を向けた。

「俺も急病ってことにしておいてくれ」

そう言って、部屋を出ていこうとする。

「おい、咲――」

呼び止めようとしたサン太を、

「いい、サン太」

雪は静かな声で制した。

「咲也はスケジュールの関係で、香港入りが遅れてるってことにしよう。番組には俺たち三人で出る。大丈夫だな？」

「ああ、まあ……」

パタン。

扉を閉めて、咲也は部屋を出ていった。

「……愛音ちゃんの行方《ゆくえ》がわからないとなっちゃ、無理もないが」

腕組みをしながら、サン太がため息をついた。

「あいつ――あんまり無茶しなけりゃいいが」

愛音のためなら、咲也はどんな無理でも無茶でもやってのける。

愛音を守るためならば。

咲也は信じられないほどの力を発揮するし、また恐ろしいほど冷酷にもなれる。

「わたしもとりあえず、自分のホテルに戻ってみます」

祐香もそう言って、部屋を出ていく。

「気をつけて」

雪は祐香のために扉を開けてやり、祐香の後ろ姿を見送った。


ピンポーン………

祐香がホテルの部屋に戻るのとほとんど同時に、ドアチャイムが鳴った。

「敦郎っ⁉」

飛びつくようにして祐香がドアを開けると。

「不用心だぞ。出る前に相手をチェックして、ちゃんとドアチェーンをかけとけ」

さっき別れた咲也が、ドアの前に立っていた。

「ごめん……なさい」

祐香は、胸の前で手を組み合わせて下を向く。

敦郎が心配で心配でたまらないのだった。

『心配かけてゴメンっ。市電《トラム》に乗ったら、まったくあさっての方向へ行っちゃってさ、あせったよお』

『飲茶してたらさ、カードの使えない店で。お金足んなくって、皿洗いのバイトしてきちゃったよ』……………

今にも敦郎が、照れ笑いを浮かべながら帰ってきそうで——

「祐香、ガイドブック持ってるか？」

唐突に咲也はそう聞いてきた。

「ガイドブック？　持ってるけど………」

祐香は、とまどった様子を見せながらも。

スーツケースの中から、ガイドブックを取り出してきて咲也に手渡す。

「ちょっと小さいけど………大きいほうのガイドブックは、敦郎が持ってるの」

「…………」

咲也は何も言わずに。

受け取ったガイドブックを、パラパラとめくった。

そしてあるページの所で、ふと手を止める。

「祐香」

咲也はガイドブックを、祐香に差し出しながら聞いた。

「このページ——あんたが折ったのか？」

見ると、小さくページの端《はし》が折られている。

「ここ……？　違うと思うけど」

ガイドブックをのぞき込んで、祐香は首をかしげた。

ページの見出しには、こう記されていた。

『香港で、お気に入りのジュエリーをゲットする』——

簡単な地図と一緒に、色とりどりの宝石や、ブティックの写真などがこまごまと掲載されている。

「ジュエリー……敦郎が、このページを？」

わけがわからないといった顔をする祐香。

それとは逆に、咲也の目は、強い光を帯び始める。

たった一ページ、端を折られたガイドブック。

それを目にしただけで。

咲也の明晰《めいせき》な頭脳は、すでに答えを導き出していた。

最初に祐香の部屋を訪れたのも、

『祐香と敦郎ならば、同じガイドブックを見ている可能性がある』

そのガイドブックに、敦郎の行き先を示すような手がかりが残されていないだろうか——

そういった咲也なりの考えがあったからだった。

そして咲也の鋭《するど》い目は、わずかに折られただけのページを見逃さなかった。

咲也は言った。

「敦郎はたぶん、あんたへのプレゼントを買うつもりだったんだ」

「わたしに……」

祐香は目を見張って、咲也を見上げた。

『ちょっとその辺ブラブラして、写真撮ってくるんだ』

そう敦郎が言ったのは、カモフラージュだ。

間違いなく、愛音と敦郎は一緒に行動していた。

百パーセント、そう断言してもいい。

敦郎は、祐香には内緒で、指輪か何か贈りたかったのだろう。

祐香に気づかれないよう、ガイドブックをチェックしていた。

『買い物に付き合ってほしいんだ』

そして、愛音にだけは訳を話して、頼み込んだ。

気持ちのやさしい愛音は。

敦郎の祐香を思う気持ちに打たれて、『いいよ』と答える……

「わたしのために、敦郎……」

こらえ切れなくなったように、祐香は手で顔を覆《おお》った。

「愛音ちゃんまで巻き込んで……いったい今どこに……」

咲也は、グッと拳《こぶし》を握りしめた。

踵《きびす》を返し、部屋を出ていこうとする。

「咲也くん？」

すがるように、祐香が長身の咲也の顔を見上げた。

咲也は口を開いた。

「俺が必ず、愛音と敦郎を探し出す」

咲也のブルーグレーの瞳には、決意があふれていた。

たとえそこが、地の果てであっても。

誰一人として足を踏み入れない、魔窟《まくつ》のような場所であったとしても。

必ず探し出して、この手に取り戻す――

「咲也くん、敦郎を……」

部屋を出ていく咲也を見送りながら。

祐香は、声がふるえるのを抑《おさ》えることができなかった。

「敦郎をお願い。どうかお願いっ……」

あとは言葉にならなかった。

ホテルを出て、ネイザン・ロードに出た咲也は。

まず携帯電話ショップに入り、携帯電話を買った。

知る人は少ないが、香港内での通話は、すべて無料でかかることになっている（公衆電話を使った場合や、国際電話は有料）。

気軽にその辺りの店で電話を借りても、文句を言われることはない。

けれど、これから足を向ける先が、気軽に電話を借りられるような場所ばかりとは限らない。

咲也の胸には、そういう予感めいたものがあった。

咲也がまずダイヤルしたのは、香港で一番大きな病院だった。

ケガをしたり、急病になったりして、病院に運び込まれている可能性もある。

万が一のことを考えてのことだったが、返ってきた答えは、

『該当するような患者はいない』とのことだった。

けれども、それでホッと胸をなで下ろせるわけではない。

携帯電話をポケットに入れた咲也は、ネイザン・ロードを北の方角に向けて歩き出した。

最初に敦郎と愛音が歩いていった道だ。

店と通りの位置、距離などは、さっきガイドブックを見て頭に入っている。

一軒一軒、店を回って足取りをたどってみる。

まどろっこしいようだが、それしか方法がない。

夏場に日本人の観光客は、それほど多くない。

髪を赤に染めた敦郎のいでたちは、通りでも目を引くだろう。

店に入っていれば、店員は必ず二人のことを覚えている。

はたして、咲也の予測は当たっていた。

最初に立ち寄ったジュエリーブティックで、咲也が愛音の写真を見せると、

「この女性？　ああ、来店されましたよ」

流暢に日本語を話す女性店員が、にこやかにそう答えた。

「髪を赤く染めた男の方と一緒でした」

「何時頃だった？」

咲也が広東語で聞くと。

「四時ぐらいだったと思います――広東語、お上手《じょうず》でいらっしゃいますね」

女性店員はそう答えて、咲也の顔を見て頬を染めた。

次の店でも、またその次の店でも。

「この女の子、来た。髪赤い人と、二人ね」

「ここで、このヒスイの指輪、熱心に見てたよ。『また来る』って言ってたけど、まだ来てない」

カーン、コーン…………

どこからか、時を告げる鐘の音が聞こえてきた。

九時。

本来ならば、TV局にいるはずの時間だったが、今の咲也にとってはどうでも良いことだった。

一軒、また一軒。

愛音たちの足取りが、明らかになっていけばいくほど。

ドス黒い不安が、咲也の胸に影を落としてくる。

ショッピング天国、グルメの街、国際貿易都市。

けれど、裏を返せばそれだけ、危険な面も持っているということだ。

十数年前まで、麻薬の取引や賭博《とばく》、売春などが、あたりまえのように行われていた場所があり。

一歩路地に入るだけで、まったく違う世界を目にしてしまうこともある。

次に入った宝石店の店員は。

愛音の写真を見ても、『来ていない』と首を横に振った。

そして、その次の店でも。

「ノー。来てないね」

これより先のジュエリーショップには、足を向けていないということか。

咲也は、愛音たちが最後に立ち寄ったらしいジュエリーショップまで戻ってみることにした。

先ほど話を聞いた店員を、再びつかまえる。

きまじめそうな男の店員は答えた。

「ここ、たぶん、二人寄ったの、最後の店ね」

なぜ、と咲也は、広東語で聞いた。

店員が答える。

「二人、すごく急いで走って戻っていった」

「…………」

二人が走っていった――

「誰かに追われているような様子だったか？」

咲也は質問を重ねたが、店員は、

「わからない。すごく急いでた」

そう答えただけだった。

咲也は、店員に礼を言い、元来た道を戻り始めた。

間違いない。二人は誰かに追われて、走り出したのだ。

それで捕まったのか、あるいは――

夜の九時を過ぎて、ネイザン・ロードも店じまいをした店舗が目立ち始めた。

日本とは違い、諸外国の店舗は、閉店時間はほぼきっかりと守られる。

いかに咲也でも、閉まった店々を回って聞き込みをするのは無理だった。

さすがに咲也も、あせりを感じ始めていた。

『今夜じゅうに二人の消息がつかめないようであれば、地元の警察に連絡する』

雪はそう言っていた。

また、そうせざるを得ない。

けれど、地元警察に連絡しても、ことが解決できるとは限らないのだ。

かえって裏目に出てしまうケースも、絶対にないとは言い切れない。

(愛音)

咲也は、ネオンに彩《いろど》られた摩天楼を見上げた。

(愛音、どこにいるんだ、愛音……)

咲也は超現実主義者だ。

けれど、気持ちが呼びあうことができたらいいと、思う時がある。

心の声で話せたら。

どこにいても、どれほど離れていても、お互いの存在を確かめ合える。

そばにいてやれない時にも、『愛している』と言ってやれる。

今、どこでどうしているのか。

咲也は唇をかみしめた。

(愛音っ……)

と――

夜九時を過ぎても、こうこうと白い灯《あか》りのあふれている店が目に入った。

ファーストフードの店。

何かに導かれるかのように、咲也はその店に入っていった。

タッチ式の自動扉を開けると。

日本とほとんど変わることのない、にぎやかな店内があった。

咲也はカウンターの前まで進み、

「えーと、日本語、大丈夫？」

わざと日本語を使って。

わざと不慣《ふな》れな日本人観光客を装《よそお》って、店員に声をかける。

香港の店では、日本語が話せるスタッフがいることが多い。

日本人を器用に見分けて、こちらが話しかける前に、日本語スタッフが寄ってくることもあるくらいだ。

だから、もし、愛音と敦郎がこの店に来ていたとしたら。

日本語のできるスタッフが応対した可能性のほうが高い。

咲也の明晰な頭脳は、わずかの間にそれだけのことを計算していた。

咲也の読みは当たっていた。

「いらっしゃいませ」

日本語で笑顔を向けてきた、大学生くらいの女子店員は。

「人を探してる」

咲也の出した愛音の写真を見て、さっと顔色を変えた。

「ここに来たのか？」

咲也は質問する。

「いえ、はい、あの……」

相手は、明らかに動揺していた。

落ち着かない視線で、写真の愛音と咲也を見比べている。

「ハンカチの落とし物を、届けてくださいました」

「…………」

若い女性店員は、どこかに保管してあったらしい女物のハンカチを持ってきて、咲也に見せた。

そのハンカチから、ふわりと香水の匂いが漂《ただよ》った。

もちろん、愛音の香りではない。

「…………」

けれど、その匂いをかいだ時。

咲也の第六感に、何かピンとひっかかるものがあった。

それが何なのかはわからない。

が、何かがある――

「アイスコーヒーを」

ふいに咲也は、オーダーを口にした。

「は？　あ、は、はいっ」

もっと追及されるだろうと思っていたらしい女子店員は、

「アイスコーヒーをお一つ。ありがとうございます」

あきらかにホッとした顔になって、ふたたび笑顔を咲也に向けた。

「こちらでお召し上がりですか？　ご一緒に、ポテトはいかがですか？」

どこの接客マニュアルも変わりがない。

咲也は、アイスコーヒーをそのまま手に持って。

ネイザン・ロードを見渡せる、入口に近い位置に腰をかけた。

「ねえ、あの人、すごくカッコいい」

「瞳の色がブルーなの。神秘的でセクシーだわ」

店内にいる客も、通りを歩く人々も、咲也のルックスに注目していた。

けれど咲也は、自分に向けられる熱い視線などには頓着せず。

スキのない視線を時折、通りのほうに向けるだけだった。

アイスコーヒーにも手をつけない。

空腹はまったく感じていなかった。

ホテルへ帰って寝る気もない。

愛音のいない、空《から》のベッドなど、気分がささくれ立つだけだ。

咲也は待ち続けた。

さっきの女子店員が勤務時間を終えるか、閉店時間になるまで、根気よく待つつもりだった。

女性店員がハンカチを出して見せた時に、感じた違和感。

かならず何かがある――

咲也は、自分のカンには自信を持っていた。

十一時に閉店になった。

咲也は店が閉まる少し前に、裏の従業員出入口に回っていた。

アルバイトを終えた若い店員が出てくる。

先ほどの女子店員は、友達らしい二人と並んで店を出てきた。

咲也が近づいていくと、

「あ……」

女子店員は、困ったような表情で足を止めた。

一緒にいた二人は、気を利かせたつもりなのか、帰っていってしまう。

「聞きたいことがある」

咲也は、単刀直入に質問した。

「あんたは本当は、何を見たんだ？」

「――……」

女子店員は、息を飲んだ。

「ですからあの、ハンカチの落とし物を……」

しどろもどろに答えながら、女子店員は後ろへ下がる。

けれどその後ろは、ファーストフードショップの建物の壁《かべ》があるだけだ。

「そうじゃないはずだ」

じりっ……と咲也は、相手との距離を詰めた。

「でも……私は……」

若い女性店員は、泣き出しそうな顔になる。

怯《おび》えているというよりも。

咲也に至近距離に近づかれて、ドギマギしているのだ。

「わっ、私は……」

咲也は、壁に右手をついた。

「なに？　聞こえねェ」

そう言って、相手の耳元に唇を近づける。

髪に息がかかるくらいに――

「あっ」

女子店員が耳まで赤くなったのが、暗闇でもわかった。

「言うんだ」

咲也が低く、耳元で囁くと、

「見ました……」

女性店員は、蚊《か》の鳴くような声で答えた。

タイムリミット二十四時間

「写真の女の人が、髪を赤く染めた男の人と来て……走ってきたみたいに、二人ともとても喉がかわいているみたいでした」

話し出した若い女性店員の目は、かすかにうるんでいた。

咲也の発したフェロモンに、あてられてしまったようだった。

「私、ラウンド係になって、二階の掃除をするために上がっていったら――」

「行ったら？」

と咲也は、先を促《うなが》す。

「別の女の人が来て、『ハンカチが落ちてる』って言って、二人の前にかがんだんです。でも、そのハンカチは二人の足元に落ちていたんじゃなく、最初からその女の人が持っていたものでした」

いったん話し出すと、止まらないらしい。

女性店員は早口に言葉を続けた。

「その女の人は、そうやって二人の注意を引いておいて、すばやく二人のドリンクに、薬みたいなのを入れたんです。二人ともぜんぜん気づかないくらいに、すごく手ぎわが良くて……」

「………」

咲也の眉間《みけん》に縦皺《たてじわ》が寄った。

「私、怖くなって、下へおりようとしたんです。そうしたら人相の悪い男二人が上がってきて、『痛い目にあいたくなかったら、今見たことは黙っていろ』って、怖い顔で脅《おど》かされて………」

店員は、ぶるっと体をふるわせた。

その時のことを思い出したのかも知れない。

「ドリンクを飲んだ二人は、急に眠くなったみたいに、テーブルにつっぷしてしまいました。その女の人と男たちは、二人を連れていきました。店にいた人には、『知り合いの気分が悪くなったみたいだ』って言って」

「………」

「みんな怪《あや》しいって思ってたけど、誰も手出しができなかったんです。昼間に堂々と、そんなことをするなんて……」

女子店員は最後は、本当に泣き出しそうな声になった。

その時の光景が、目に浮かぶようだった。

薬で眠らされてしまった二人。

周りの人間は、巻き込まれることを恐れて、見て見ぬ振りをしている。

ぐったりとしたまま、なすすべもなく、店の外に連れ出される愛音と敦郎。

愛音……！

咲也は、ぐっと唇をかみしめた。

それから、低く抑えた声で聞く。

「どんな連中だった？」

「すごくキレイな女の人でした。二十五歳くらいで、背が高くて、髪が長くて、女優みたいな」

女子店員は答えた。

「外国人か？」

咲也の問いに、店員は『わからない』と首を横に振った。

「黒い髪に緑の目で、二人に声をかけた時は日本語を話しましたが、仲間とは広東語でしゃべってました。男たちは香港人でした」

「……」

咲也は壁から手を離した。

これで、何が起こったのかだけははっきりした。

二人は拉致《らち》されたのだ。

咲也は、携帯電話の電源を入れた。

雪たちのいるホテルにかけようとして、ふと手を止める。

事実を伝えるべきかどうか。

『誘拐されたのかも知れない』

そう思っているのと、

『誘拐された』

そうはっきりと事実を告げられるのとでは、天と地ほども違う。

しかし――

結局咲也は、ホテルの番号をダイヤルした。


RRRR………

部屋の電話が鳴った。

「はい？」

雪は立ち上がっていって、ベッドサイドの電話をとる。

「お電話が入っております。おつなぎします」

交換の声がそう言ったあと、電話は切り替わった。

「雪」

「咲也か？」

雪は、そう聞き返してから。

ソファで寝ているサン太に目をやって、声を低くした。

TOWAは、受話器を持った雪に目でうなずく。

「咲也、今、どこにいるんだ？」

雪の問いかけには答えずに、

「それよりも、伝えなきゃいけないことがある」

咲也は言った。

「二人の足取りを追ってみてわかった。愛音と敦郎は、何者かに拉致されてる」

「――……」

受話器を持つ雪の横顔が、かすかにこわばる。

『本当なのか？』とは聞き返さなかった。

咲也がそう言うからには、まぎれもない真実なのだ。

「雪」

咲也は続けて言った。

「警察には、まだ連絡してないな？」

「ああ。していない」

雪は抑えた声で答えた。

咲也から連絡があるのを待とう。

雪の心のどこかに、そういう気持ちがあったのかも知れなかった。

「警察には報《しら》せるな。それが言いたくて電話した」

はっきりとした口調で、咲也は雪に告げた。

「いいか、奴らは愛音たちを、白昼堂々誘拐してる。情況からして、営利誘拐とは思えない。今へタに警察に動かれたら、奴らを刺激することになる」

「…………」

営利誘拐――身代金目的の誘拐ならば、すでに犯人側から何らかの要求があってしかるべきだった。

今までに、犯人たちからと思われる連絡は、何もない。

ということは。

犯人たちは、身代金以外の目的で、愛音たちを拉致した。そういうことになる。

しかも昼間、人のいる場所で、堂々と人拐《ひときら》いをやってのけている。

それだけ無謀な連中なのだ。

捜査の手が伸びているとわかったら、あっさりと愛音たちの命を奪いかねない。

そうなることだけは、絶対に避けなければならなかった。

「俺が愛音たちを探す」

沈黙している雪に、咲也は言った。

「どんなことをしてでも探し出す。だから、そっちのことを頼む」

祐香のこと、メンバーのこと、これからのスケジュールのこと。

リュシフェルは、観光旅行に来ているわけではない。

もちろん、愛音と敦郎の安全が何より優先だが。

だからといって、他のことを放り出しておくわけにはいかないのだ。

「高山には話したか？」

しばらくの沈黙のあと、咲也が聞いた。

「ああ。話した」

淡々と雪は答えた。

その時の情況がどんなものであったかは、だいたい咲也にも察しはつく。

けれどそれに対して、咲也が何を言ってやれるわけでもない。

「咲也、今、どこにいるんだ？」

雪が再び聞いてきた。

「どこから電話してる？　携帯を持ってるなら、番号を教えてくれ」

「…………」

雪の言葉に対して、咲也は何も答えなかった。

その代わりに、

「そっちのことを頼む。くれぐれもな」

短くそれだけ告げて、一方的に電話を切った。

「咲――……」

雪は咲也に呼びかけようとしたが、すでに受話器からは、ツーという音しか聞こえてはこなかった。

「咲也からか？　なんて言ってた？」

ＴＯＷＡがソファから立ち上がった。

受話器を握りしめたままの雪を、心配そうな表情で見る。

「んあ？　咲也……？」

うたた寝をしていたサン太が、ソファからむくりと体を起こす。

「…………」

雪は、静かに受話器をフックへ戻した。

艶《つや》やかな黒髪の奥で一瞬、きゅっと唇を真一文字に結んだあと。

雪は静かに二人を見渡して言った。

「高山さんの部屋へ行く」


電話を一方的にオフにしたあとで。

咲也の指はなめらかに、次の電話番号をプッシュした。

深夜十二時を過ぎているのにもかかわらず、電話はすぐにつながった。

「サクヤ・オオコウチだ」

咲也は、よどみのない英語で話し出した。

「ホァン会長と話がしたい」


雪が、静かにドアをノックした。

ややあって、髪にカーラーを巻いた高山が顔を出す。

「あんたたち、まだ寝てないの？」

どんな情況であれ、高山にはメンバーのコンディションを云々《うんぬん》する資格がある。

が、生徒を咎《とが》める教師のような口調になったあとで。

「つっ立ってないでお入りなさい」

高山は穏やかに、雪たちを部屋へ招き入れた。

「咲也から連絡があったのね？」

さすがに高山は鋭《するど》かった。

「で、咲也はなんて？」

高山は、透明な液体の入ったロックグラスを手にしていた。

けれど、その中身はアルコールではなく、ミネラルウォーターだった。

「咲也が二人の足取りを追いました。二人は何者かに拉致されたそうです」

「…………」

サン太とTOWAが顔を見合わせる。

ある程度予期していたのだろう、高山は、ほとんど顔色を変えなかった。

「それで？」

促されて、雪はまず結論から言った。

「咲也は、『警察には報《しら》せるな』と」

「………」

高山は、スッと目を細める。

雪は続けた。

「犯人は白昼堂々、人前で二人を拉致したそうです。警察に報せるということは、そんな過激なことをやってのける連中を、いたずらに刺激することに――」

「甘いわね」

雪の言葉を、高山は途中でさえぎって言った。

「誘拐されたとわかった以上、警察に連絡しないわけにはいかないわ」

「待ってください」

今にも受話器を手にしそうな高山を、雪は制して言った。

「咲也は今、体を張って、必死で二人を探してる。今警察に報せたら、咲也まで危険に巻き込みかねない」

「あんた、自分が何を言ってるのかわかってんの？」

高山が、鋭い目で雪を見据えて言った。

「こういうことはね、プロに任せるのが一番なのよ」

高山はアメリカで、次々と大物シンガーを売り出した敏腕プロデューサーだ。

こういった種類のトラブルに遭遇したのも、初めてのことではないらしかった。

「ライブの日まで、あと三日しかないのよ」

高山は受話器を手に持った。

「フロント？　警――」

警察を、と高山が口にする前に。

雪の指が、フックボタンを押していた。


「いい度胸じゃない」

高山の目が険しくなった。

見ているサン太とTOWAは、緊張してかたずを呑《の》む。

が、雪は臆せずに、高山の視線を受けとめて言った。

「わかっています」

「は？」

顔をしかめた高山に、雪は静かな声で言った。

「自分がどういうことを言っているのか、ちゃんと俺は理解しています」

静かだが、有無を言わせぬ口調で雪は続けた。

「俺は、咲也を信じています。咲也は、かならず敦郎と愛音ちゃんを見つけ出して、無事に連れ帰ってくる」

「……その根拠は？」

高山は受話器を持ったまま、雪に向き直る。

雪の言葉に納得ができなければ、いつでも警察に電話するという体勢だった。

「あいつが――咲也が以前に、渡米したことがあるのは知ってるでしょう」

淡々と雪は高山に話す。

「咲也はたった三ヵ月間でグレイザー・カンパニーの中枢《ちゅうすう》に入り込み、誰もが不可能と思われることをやってのけた」

「……………」

高山の表情が、微妙に変化した。

ハーバードを卒業し、アメリカで仕事をしていた高山ならば、わかるはずだった。

咲也がニューヨークでやってのけたこと。

それが、どれほど超人的で、いかにスケールの大きいことなのか――

雪は言った。

「愛音ちゃんのためだからです。咲也は、愛音ちゃんのためなら、何だって、どんなことだってやってのける。それが根拠です」

「…………」

高山は、受話器を手に持ったまま動かなかった。

無言のまま、雪と向き合って立っている。

二人とも、視線をそらさない。

美貌《びぼう》の二人だけに、その姿には迫力があった。

「なんか、すげェな」

思わずつぶやきをもらしたサン太は、ＴＯＷＡに脇腹をつつかれて口をつぐむ。

先に口を開いたのは、雪だった。

「咲也は、自分の意志でなければ決して戻ってこない。ボーカリストなしではライブはできない」

雪のその一言で。

「…………」

高山が、フッと肩の力を抜いた。

「あたしを脅すとは、いい度胸ね」

薄く笑って高山は、片手で髪をかき上げ。

左手に持っていた受話器を、静かにフックの上に戻した。

「いいわ。あと二十四時間だけ、警察に届けるのを待つことにするわ」

高山は、サン太とTOWAにゆっくりと目を移しながら言った。

「でもそれ以上は待てない。首に縄《なわ》をつけてでも、あんたたちをステージへ引っ張り上げるから、そのつもりで」

香港的悪夢《ホンコン・ナイトメア》

『敦郎、お別れだね』
祐香が、目に涙をいっぱいためてそう言った。
まさに青天《せいてん》の霹靂《へきれき》だった。
『なんでだよ⁉　なんでいきなりそんなこと言うんだよ！』
敦郎には、祐香の言葉が信じられなかった。
祐香の細い両肩に手を置いて、敦郎は突然のさよならのわけを問いただそうとした。
『俺が芸能人だから？　それとも俺が頼りないから？』
『ちがうの……』
涙が、祐香の頰にこぼれ落ちた。
『お父さんとお母さんが、離婚しちゃうから』
『え⁉』
そんなバカな。

驚いて敦郎が目を向けると、祐香は小さな少女になっていた。
父親に手を引かれて、歩き出す。
『敦郎……』
祐香は何度も敦郎を振り返る。
が、そのたびに父親に手を引っ張られるようにして、泣きじゃくりながら歩いていく。
『ねェちゃん!!』
敦郎もいつのまにか、小さな子供に戻っていた。
『来なさい、敦郎』
敦郎も、母親に手を引っ張られる。
『やだ！　ねェちゃんと離れるなんてイヤだっ！』
敦郎は、必死に足を踏んばって抵抗したが、
『聞き分けのないことを言うんじゃありません』
とても子供の力ではかなわない。
そのまま、ずるずると引きずられていってしまう。
『やだっ！　ねェちゃんと離れるなんてやだ！』
必死で振り返って後ろを見ると。
祐香の後ろ姿が、どんどん遠くなっていく。

『ねェちゃん！』

敦郎は、祐香の後ろ姿に向かって叫んだ。

『ねェちゃん！』

ねェちゃん——


「敦郎くん？」

誰かが、自分の名前を呼んでいる。

「敦郎くん！」

誰の声だろう？　聞いたことのある声。

でも、ねェちゃんの声じゃない。

ねェちゃんの声はもっと——

重たかった瞼《まぶた》がようやく開いた。

「敦郎くん……」

愛音が自分の顔を、心配そうに見下ろしていた。

「愛音……ちゃん？」

とっさに情況が飲み込めない。

「あれ？　ここって、どこ……？」

ピントがずれてしまったように、記憶がはっきりとしなかった。

敦郎は周りを見回した。

打ちっぱなしのコンクリートの壁。

低い天井から下がっている裸《はだか》電球。

湿気のこもった、殺風景な部屋。

出入口は、鋼鉄製の扉《とびら》が一つだけ。

窓は一つもなく、昼なのか夜なのかもわからない。

「わからないの」

愛音は答えた。

「あたしたち、薬で眠らされて、ここへ連れてこられたの」

愛音は、もう少し前に目を覚ましていたらしい。

愛音の言葉を聞いているうちに、

「あ……！」

不意に記憶がよみがえって、敦郎はガバッと体を起こす。

「喉がかわいて、ハンバーガー屋でジュース飲んでたら、なんだか急に眠くなって……俺たち、ヘンな連中に追われてたんだっけ」

「『ヘンな連中』とは、ご挨拶《あいさつ》ね」

「！」

不意に女の声が聞こえて、敦郎は飛び上がった。

カツ、カツ。

コンクリートの上を歩くハイヒールの音がして、
ギイ………

一つだけしかないスチール製の扉が、重い音をたてて開いた。

黒いスーツに身を包んだ女が、扉に手を添えるようにして立っていた。

その後ろに、屈強そうな男二人が、影のように付き従っている。

「よく眠っていたわね。疲れていたんじゃない？」

流暢な日本語だった。

そして妖艶《ようえん》に微笑んでいるその顔は――

「あっ」

敦郎が小さく息を飲んだ。

「あんたは、ハンバーガー屋で会った……」

着ている服と雰囲気はまるで違ったけれど、その美貌は見間違いようがなかった。

敦郎の頭の回線が、ようやくつながりだす。

「あんたが俺たちを――」

敦郎は両手を広げて、後ろにいる愛音をかばうようにしながら、

「いったい何が狙《ねら》いなんだよ？」

キッと相手を睨みつけた。

けれど女は、ふんと鼻で笑っただけだった。

「あのカメラよ」

「カメラ？」

女は言った。

「あんたのカメラが、偶然私たちの取引現場を写してたのよ」

「取引現場――」

何の？　とは聞けなかった。

麻薬。

武器。

密造品、密売品。

何であるにしろ、ヤバい物に間違いはないのだ。

敦郎と愛音を誘拐してまで、取り返さなければならないほどの――

「俺は、そんなものを撮った覚えはない」

敦郎は言ったが、女はとりあわなかった。

「さっさとカメラを渡してりゃ、こんな目にあうこともなかったのよ」

いらだったように、長い髪をかき上げる。

裏道で、リュックをひったくられそうになった時のことを言っているのだ。

今は、その敦郎のリュックも。

愛音の持っていた、ビーズのバッグも取り上げられてしまっている。

その中身がどうなってしまったのかは、知る由《よし》もない。

「さんざん逃げ回ってくれたおかげで、こっちもヤバい橋を渡らせられたのよ」

女は、迫力のある目で敦郎を睨みつけた。

「この落とし前は、つけてもらうわよ」

「『落とし前』って……」

おうむ返しにつぶやく敦郎。

けれど、今度は女は何も答えなかった。

答える必要はないと思っているのか。

それとも、何も答えないことで、敦郎たちの恐怖心を煽《あお》ろうとしているのか——

「おい、フイルムは処分したんだろ？」

敦郎は立ち上がって、女に詰め寄ろうとする。

「俺たちをここから出せよ！」

が、人相の悪い男が、敦郎の目の前に立ちふさがった。

「――」

男の手に握られているものを見て、敦郎の顔がこわばった。

同時に、後ろで愛音が息を飲む。

拳銃《けんじゆう》。

黒光りのする銃口が、まっすぐ敦郎に向けられていた。

敦郎が、凍り付いたように動きを止めてしまっている間に。

女は長い黒髪を翻《ひるがえ》して、部屋を出ていってしまう。

強い香水が、ふっと香った。

「ヘタなマネをすると、今すぐここで落とし前をつけさせてもらうことになるぜ」

拳銃を構えた男が、蛇《へび》のような目つきでニヤリと笑った。

「うちのボスは、反抗的な野郎が特にキライでね。ボスにさからって九龍湾に浮かんだ奴の数は、両手の指じゃ足りねェくらいだ」

黙って引き下がるより他はなかった。

カツ、カツ。

女のハイヒールの音が、ゆっくりと遠ざかっていった。


午前二時。

その男は、指定した時間きっかりに、バーに現れた。

「ミスタ・サクヤ・オオコウチですね？」

一見して秘書か、役人とわかる雰囲気の男だった。

髪をオールバックになでつけ、マオカラーのスーツに身を固めている。

それに対して咲也は、

「ああ」

と、短くそう答えた。

バーテンダーが近づいてくる。

「…………」

男は無言で片手を上げた。

オーダーは不要というジェスチュアだった。

バーテンダーが戻っていったあとで、

「ホァン会長からの伝言です」

男は名前も名乗らず、いきなり切り出した。

けれども咲也は、そんなことを気にかける様子も見せずに。

「聞こう」

じっと男の言葉に耳を傾ける仕草を見せた。

ホァン会長は、咲也がニューヨークでチャイナタウン開発の仕事を手懸けていた時に知り合った、香港の大物実業家だった。

『大立者』の異名を持ち、政財界にも広く顔がきく。

「お話のあった、黒髪に緑の目の女のことですが」

男は話し出した。

「おそらく麗蘭《れいらん》のことでしょう。イギリス人と中国人の混血で、英語と中国語、それから日本語にも堪能です」

「…………」

咲也は黙って、カウンターに並べられた色とりどりの酒の壜《びん》に目をやっている。

ホァン会長とは、いくら友好関係にあるとはいえ。

できれば咲也は、誰の力も借りたくはなかった。

けれどもここは日本ではない、まぎれもない外国であり。

裏に巣食う犯罪世界がどれほど深く、広いのかということを、咲也は知っている。

一刻も早く、愛音を助け出すためだった。

愛音のためにならば。

誰に借りを作ろうが、誰に頭を下げようが、咲也はかまわないと思っていた。

愛音を無事に、この腕に取り戻すまでは——

「麗蘭のグループは新参のグループです。新参ながら香港の黒社会《ハッセーウィ》で、この二、三年で恐ろしいほど勢力を伸ばしました」

黒社会、とは、日本で言う暴力団のことだ。

「早く頭角を現したいものと見えて、やることが強引で、すぐ力にものを言わせようとして、仲間内でも危険視されているそうです」

「…………」

その通りだった。

白昼堂々、愛音たちをさらった手口。

大胆と言うよりは、後先を考えない無謀《むぼう》さのほうが目につく。

そんな連中に、愛音は捕まってしまっているのだ。

男の話は続いた。

「麗蘭は麻薬、密輸、密売、何にでも手を出しています。警察など恐れないといったふうに、堂々と街中で取引をする。警察の上層部にコネがあるという噂《うわさ》もあります」

「…………」

愛音と敦郎は不運にも、その場面に遭遇、あるいは目撃してしまったのだろう。

無事でいるのか。

今頃、どこでどうしているのか――

「奴らの根城《ねじろ》は？」

初めて、咲也のほうから質問を向けた。

中国返還を機に、悪名高い九龍城砦《カオルーンじょうとりで》は、取り壊し作業が進みつつある。

『魔窟《まくつ》』は、場所と形を変えて、都市にもぐり込んだ。

愛音たちのように、町中で危険に遭遇する確率も高くなるというわけだった。

「油蔴地《ヤウマテイ》です」

簡潔に男は、地区の名前だけを答えた。

そこまでしかわかっていないということなのだろう。

油蔴地と一口に言っても、なかなか絞りきれるものではない。

が、もともとそこまでは期待してはいなかった。

あとは、咲也自身の手腕にかかっているということだ。

「会長は、あなた様に直接お会いできないことを、たいへん残念がっておられました」

話は終わったと判断したのだろう。

締めくくるように、男は咲也にそう言った。

「『用件』を済まされたあと、もし時間に余裕があるようであれば、ぜひ香港の自宅にお招きしたいと申しておりました」

ホァン会長は、香港島に広大な邸宅を構えていると聞いている。

「そうする」

短く咲也は答えた。

それが、単なる挨拶に過ぎないことはわかっていた。

お互いに多忙な身だし、今の咲也に政財界へのコネは必要ない。

「…………」

咲也はバーテンダーに向けて、サインをする仕草をしてみせた。

『チェックを頼む』というジェスチュアだった。

それから、横に座っていた男に顔を向ける。

「会長に、今後ともよろしくと伝えておいてくれ」

バーを出た足で、咲也は油蔴地へ向かった。

油蔴地はヒスイ市や青空市場、こまごまとした露店やナイト・マーケットでにぎわう地区として知られている。

地下鉄で一駅、一キロ足らずの目抜き通りを中心に。

さながら、クモの巣のように細い道が連なり。

店とも呼べないほどの小さな規模の商《あきな》い屋が、足の踏み場もないほどの密度でひしめきあっている。

夜明けを迎えても、廟街《ミウガイ》のナイト・マーケットの喧騒《けんそう》はまだ続いていた。

どんなにいい加減な現地ガイドでも、夜十時以降の観光は決してすすめない、そんな街だった。

どこからか、琵琶《びわ》の音に似た音が聞こえてくる。

線香の匂いが、ふっと鼻をつく。

住人なのか客なのか、薄暗い路地にたむろする人々。

仕立ての良いサマースーツ姿で歩いている咲也を、うさんくさそうな目でじっと見つめている。

地図では見ていたが、実際に歩いてみなければわからない道ばかりだった。

狭い道では、肩で押し合うようにして進んでいかなければならない。

早朝から昼頃にかけてヒスイ市の行われる、甘粛街《ガムソウガイ》に出た時だった。

くたびれたシャツ姿の一人の男と、咲也はすれ違った。

そのすれ違いざま。

男は、目にもとまらぬ速さで、咲也のスーツのポケットに手を入れた。

並みの観光客なら、そのまま財布《さいふ》を掏《す》られていたかも知れない。

それほど素早い動きだった。

けれども、咲也は違った。

「おっと」

咲也は、男の手首を捉《とら》え、
ギリッ……

音がするほど、男の手首をねじり上げた。

「何か俺に用か？」

咲也は広東語で詰問した。

「痛《トン》！」

ちぎれるほど首を振りながら、男が叫んだ。

「何か用かと聞いている」

咲也が、さらに腕に力を入れると、

「痛！　救命《ガウメン》!!」
とうとう男は、恥も外聞もなく泣き叫び出した。
痛い、助けてくれ——そう広東語でわめくだけだ。
観光客の懐《ふところ》を狙う、単なるスリのようだった。
あるいは、どこかの組織の手の者かと思ったのだが——
辺りにいた連中が、何事かと集まってきた。
けれど皆、こわごわと二人を遠巻きにしているだけだ。
(考え過ぎか)
咲也は男を解放してやる。
「日本仔《ヤップンジャイ》！」
男は、ねじり上げられた腕を押さえながら、一目散に走り出した。
日本野郎め、という捨て台詞《ぜりふ》を残して——
財布を掏ろうとしたのだから、それくらいの痛い目をみても当然だ。
ましてや、咲也がピリピリしている時に——
その時、甘粛街《ガムソウ》を、一台の車が通りがかった。
ごちゃごちゃした道にはそぐわない、黒のロールスロイス。
通りを抜け、ゆっくりとしたスピードで、ネイザン・ロードへ曲がっていく。

「…………」

咲也は、そのロールスロイスを目で追った。

車の窓は、深いグリーンのスモークガラスになっている。

外からは、どんな人間を乗せているのかはわからなかった。

だが……………

咲也は、自分が車の中から誰かに見られていたような気がした。

仕事柄、そして磨きあげられたルックスのせいもあり、咲也は人の注目を浴びることには慣れていた。

けれど、たった今、自分に向けられた視線は。

ふだん向けられている視線とは、まったく違うものだったように思う。

狭い通りだから、スピードを落とすのは当然と言えば当然なのだが。

(まるで値踏みでもするように、俺を見ていった)

咲也の鋭いカンが、警報音を鳴らしていた。

もちろんそれだけの根拠で、車を追いかけることはできないが――

ナンバーはしっかりと記憶した。

(だが、いったい誰が)

考えをめぐらせる一方で。

咲也の胸の中には、確信めいたものが芽生えていた。

（あの女か）

麗蘭。

新たに、香港の黒社会に根を張ろうとしている女ボス。

愛音と敦郎をさらわせた女。

そして。

咲也の行動を読んだかのように、油蔴地に現れた。

（宣戦布告のつもりか）

咲也は、ロールスロイスが折れていった角を、しばらくの間見つめていた。

徐々に夏の夜が明けようとしていた。


「ほほほほほ………」

ネイザン・ロードをすべるように走り出したロールスロイスの中で。

麗蘭は、高らかに笑い声をたてていた。

「写真も良いけど、実物のほうが数段良いわ」

麗蘭は、咲也の写真を手にしていた。

愛音のバッグの中にあったものを奪ったのである。

「それに、思ったとおりに頭も切れる。怖いくらいにね」

総革張りのシートに収まっているのは、麗蘭一人だけだった。

「たった一晩で、この私のテリトリーをつきとめて、ここ油蕪地まで来た」

つまり麗蘭は、独《ひと》り言《ごと》を言っては、高らかに笑っているのだった。

「そう、たったの一晩で——ただ者じゃないわ」

答える者は誰もいないが、麗蘭は続ける。

「それに、あの目——何もかも見透《みす》かしてしまうような、鋭い目」

咲也のカンは、みごとに当たっていたことになる。

スモークガラスで、外から車内を見ることは不可能なのにもかかわらず——

同時に麗蘭も、咲也の行動を見抜いていたことになるのだが。

「どうして私が見ていたことがわかったのかしらね？　サクヤ」

うっとりと、夢見るように目を閉じて。

麗蘭は、自分の体を抱きしめながらつぶやく。

「サクヤ・オオコウチ。あなたこそ私の探し求めていた男よ。強くて、頭が切れて、美しくて……」

麗蘭は、もう一枚の写真を手に取った。

咲也と愛音の、ツーショットの写真。

「こんな小娘、いったいどこが良いのかしらね？」

そうつぶやくと麗蘭は、写真の愛音が写った部分を引き裂《さ》いた。

持っていた銀のライターで、火をつける。

「私が奪ってあげるわ……楽しみにしていなさい」

写真の愛音の顔が、炎に包まれて燃え落ちていった。

夜を追いかけて

『リュシフェル、香港ツアーへ！』
ワイドショーでは朝から、香港ツアーへ出発したリュシフェルの動向を流していた。
『リュシフェルは、昨日《きのう》午前、成田から香港へ向けて出発しました――』
レポーターの声が、街頭に流れる。
「あ、リュシフェルだ」
「ホントだー」
通勤・通学途中の人々が。
巨大スクリーンに映し出されたリュシフェルの姿を見て、足を止める。
新宿《しんじゅく》の、スタジオアールビジョンでも。
原宿《はらじゅく》の、スーパービジョン原宿でも。
渋谷《しぶや》の、ハイパーライザ渋谷でも。
映像は、成田空港から始まっていた。

動く歩道の上を、リュシフェルのメンバーが進んでいく。

サングラスをかけた咲也。

帽子を目深《まぶか》にかぶった雪。

眠たそうな顔をしている敦郎。

並んで歩道を歩いていく、サン太とＴＯＷＡ。

映像が切り替わる。

香港のＴＶが放映した、『リュシフェル・ライブ直前インタビュー』が流れ始めた。

『やはり、緊張がないと言えば、嘘になりますが』

音楽番組らしいセットを背に。

雪、サン太、ＴＯＷＡの三人が、インタビューに答えていた。

「あれ？　咲也、いないの？」

一人が首をかしげる。

「敦郎クンもだ」

もう一人も、巨大スクリーンを見上げながら不思議そうな顔になる。

「私、朝のワイドショー見てたんだけど」

別の一人が、二人に言った。

「敦郎は、ちょっと体調悪くしてるんだって。咲也は、別の仕事でスタジオ入りが遅れて、番組に間に合わなかったんだって」

「ふーん……」

「敦郎クン、大丈夫かなあ？」

ファンのつぶやきを耳にしたかのように、

『敦郎は、暑さにやられたみたいで、ちょっと体調を崩しましたが、もう心配はないと本人も話しています』

雪が、インタビューに答えて言った。

質問に答えるたびに、英語と中国語の字幕が画面の端に表れる。

『咲也は本番に強いヤツですし、スケジュールにズレができてしまったことは、気にしていません』

雪のきれいな顔がアップになる。

『ここ香港でも、日本と変わらない、リュシフェルの最高のサウンドを作り上げたいと思っています』

咲也の歌う声が、画面に重なり。

大きな文字が、スクリーン上に表れた。

『リュシフェル　香港ライブ開始まで、あと四十八時間！』

「ちょっと、ディレクター」

高山が不機嫌《ふきげん》な声で、日本に電話をかけている。

「出発の時の映像は、使わないでって言ったでしょ？」

ワイドショーで流れた映像について、クレームをつけているのだった。

『スケジュールの都合で、香港入りが遅れた』

咲也が香港でのＴＶ番組に出演できなかった理由は、そう説明してある。にもかかわらず、画面には、メンバーと一緒に成田を出発する咲也の姿が映し出されていた。

咲也は香港に来ているじゃないか――そう指摘する者がいたら、返答に窮《きゅう》することになってしまう。

だから、前もって、

『成田での映像は使わないで』

高山は、各局の制作部にクギをさしておいたのだが。

やはり、ミスが出てしまった。

そんなに細かいことを、と、言われそうなことなのだが。

そういう細かいことをチェックして、矛盾《むじゅん》点をついてくる視聴者は少なくない。

「え？『なぜ？』って――」

反問されて、高山は柳眉《りゅうび》を上げた。

「リュシフェルはカリスマバンドなのよ。プライベートやハプニングをネタにして稼いでる、そこらへんの二流タレントとは違うの。一つ一つの映像にだって気を遣《つか》うし、安売りはできないのよ。ちゃんとその辺をわきまえて仕事してほしいわ」

受話器を置いて、高山は小さくため息をつく。

「まったくもう、フォローに回されるほうは大変なんだから」

すご腕のプロデューサーとして、常にリードする立場にあった高山は、主導権を握られることに慣れていない。

敦郎が行方不明になり、咲也が戻らないとなっては、スケジュールも満足に組むことができない。

いらいらしてしまうのも無理はないと言えなくもない。

華麗な装飾がほどこされたヒスイの時計を、高山は睨むように見た。

時計の針は午前十一時を回っていた。

が、今は咲也の手腕に賭《か》けるしかないのだ。

超合理主義を貫いてきた高山には理解しがたい、『奇跡』のような愛の力を。

信じて、咲也を待つ――

きっぱりとそう言い切った雪の瞳の強さに、つい動かされてしまった。

リュシフェルの、咲也の持つ、底知れない、空恐ろしいほどのパワー。

自分は、そこに惹《ひ》かれてプロデューサーになったのだけれど――

「本当に、今夜中に何とかしなさいよ、咲也」

高山はつぶやいていた。

「食が進んでないようね」

麗蘭は、係によって下げられた料理の皿を見て言った。

愛音たちが監禁されてから、三度目に出された食事だった。

夜と、朝と、昼。

今は、昼の時間ということになる。

腕時計も取り上げられてしまって、時間がわからないのだった。

「あなたたちのお上品な口には合わなかったのかしら？」

わざとらしい皮肉を言って、麗蘭は笑った。

運ばれた食事は、けっして粗末なものではなかった。

が、愛音も敦郎も、食事にはほとんど手をつけることはできなかった。不慣れな外国で、わけもわからないまま拉致されて。監禁され、外に見張りをつけられて、食欲など出るはずがない。

それがわかっていて、麗蘭は嫌味《いやみ》を言っているのだった。

麗蘭は、何度も二人の様子を見にやってくる。

二人が逃げることを恐れて、監視しているわけではない。

愛音も敦郎も、籠《かご》の鳥だった。

むしろ、二人が逃げられないとタカをくくった上で。

二人が緊張し、怯《おび》える様子を見て、楽しんでいるのだった。

獣《けもの》が、とらえた獲物を、手の中でもてあそぶように――

麗蘭は敦郎よりも、愛音をいじめて楽しんでいた。

「あなたの恋人の写真、見せてもらったわよ」

麗蘭は赤い唇で微笑んだ。

「咲也というのね、素敵《すてき》だわ。黒髪にブルーの瞳が神秘的で、鍛《きた》え上げられた肉体が野生の獣を思わせる」

愛音の反応を見ながら、わざとゆっくりと言う。

「外見だけじゃない。並はずれた頭脳と、ケタ違いの能力。メディア王、ルパート・クレイザーの血を引き、たったの三カ月間であのクレイザー・カンパニーの中枢にまで上りつめた男――」

「…………」

咲也のことを調べたのだった。

「気に入ったわ。咲也を私のパートナーにいただくことにするわ」

麗蘭は、酔ったように言葉を続ける。

「咲也と私が組めば、この世に敵《てき》はない。私の作ったこの組織を、更に強大なものにして、いずれは世界を手に入れる………」

「やめて――」

思わず愛音は、麗蘭に向かってそう言っていた。

「お願い。咲也を巻き込むのだけはやめて。咲也だけは………」

スラリと背の高い麗蘭を見上げながら、必死で訴える。

「お嬢《じょう》ちゃん。あなたは、まだ自分の立場がわかってないみたいね」

自分の言葉をさえぎられたことが、気に食わなかったらしい。

麗蘭は、キリキリと眉をつり上げ、平手で愛音を叩こうとした。

バシッ！

「！」

けれど麗蘭の手は、敦郎の頬を叩いていた。

敦郎が、愛音をかばったのだった。

「あんたはどいてなさい！」

バシ！

さらに眉をつり上げた麗蘭は、敦郎の頬を殴《なぐ》る。

細い体のわりに力があるらしく、敦郎の体がよろっ………となる。

「やめて！」

愛音は叫んで、麗蘭を止めようとした。

「おっと、そこまでだ」

ドスのきいた男の声がして。

愛音の体に、冷たい銃口が押しつけられる。

「ボスに手を上げて、生き残ったヤツはいねえんだよ」

「………」

愛音の背中が恐怖に凍った。

麗蘭に飛びかかろうとしたわけではない。

敦郎を殴るのを止めようとしただけだ。

けれども、それを言っても聞き入れてはもらえない――

「いいわ。おやめ」

麗蘭が部下の男を制した。

「これで思い知ったでしょう」

敦郎と愛音を見下ろして、麗蘭は勝ち誇ったように言った。

「あなたたちの運命は、この私の気分しだいで、どんなふうにでもできるんだってことをね
……」

「どうしようっていうんだ？」

敦郎が、唇についた血を指でぬぐいながら聞く。

「あなたの恋人の所へ、あなたを送りつけてあげるっていうのはどうかしら。もちろん分割払いでね」

「……………」

質問したのは敦郎だったが、麗蘭は愛音のほうを向いて答える。

愛音たちの反応を楽しむように、麗蘭は続けた。

「コンクリートのドレスを着せて海の中っていうのもいいわね」

表現の仕方は優雅だが、やることは同じだ。

殺される――

足元が砂のように崩れていくような感覚があった。

「——まあ、あなたたちにはまだ利用価値があるわ。あなたたちをエサに、咲也をおびき寄せるっていう——」

敦郎と愛音の顔に浮かんだ表情を見て、とりあえず麗蘭は満足したらしかった。

「まだ殺したりはしないから、安心なさい」

「…………」

言うだけ言うと麗蘭は、くるりとハイヒールの踵《きびす》を返した。


カツ、カツ。

麗蘭のハイヒールの音が遠ざかったあとで。

「敦郎くん、大丈夫？」

愛音は敦郎の顔を、心配そうに見上げた。

「うん、平気」

敦郎は、無理に笑顔を作ってみせようとしたけれど、

「いてて……」

麗蘭に殴られた頬がズキンと痛んで、顔をしかめる。

敦郎は、コンクリートの床に座り込んだ。

「――カッコ悪いなあ、俺」

ため息をつきながら、ぽつりとつぶやく。

「ううん、そんなことないよ」

愛音は首を横に振って言う。

「さっきも敦郎くん、あたしをかばってくれたし、敦郎くんが一緒だから、一人よりも怖くないし――」

けれど敦郎は、相当落ち込んだようだった。

「俺のせいで、こんなことに愛音ちゃんを巻き込んじゃったし……」

「そんなの、敦郎くんのせいじゃないよ」

愛音は、一生懸命に敦郎をはげまそうとする。

「きっとみんな、あたしたちを探してくれてるよ。だから……」

けれど愛音自身もさっき、拳銃を体につきつけられる恐怖を味わっていた。

(あの時引き金を引かれていたら、あたしは死んでた――)

『怖くない』なんて、そんなのウソだ。

怖い。

考えるだけで、足がカタカタとふるえてくる。
(咲也……)
写真は、麗蘭にとられてしまった。
だから愛音は、心の中で咲也に呼びかけるしかない。
(咲也、怖いよ、咲也)
ふたたび静かになってしまった部屋の中で。
愛音は膝《ひざ》をかかえてうずくまった。
(咲也、咲也、助けて……)

迷路の中を歩いているようだった。
狭い路地を歩き回っていると、また同じような通り、似たような路地とぶつかる。
中国野菜の店。
干し魚の店。
占《うらな》いの店、仏具店、衣料品店……
焦《あせ》る気持ちが、よけいに街をごちゃごちゃしたものに見せている。

『麗蘭という女を知っているか？』
『黒髪に、緑の瞳の若い女を見かけたことはないか？』
咲也は、めぼしい店、それらしい人間に、手当たりしだいに聞いてみた。
が、いずれも、返ってくる答えは、
『不《ブ》』
つまり、『ノー』だった。
その単語を耳にするたびに、咲也の胸の中に焦りが広がっていく。
油蔴地《ヤウマテイ》は、それほど広い街ではない。
ホァン会長のくれた情報が、ガセネタのはずはない。
どこかで見落としているのか。
まだ足を踏み入れていない場所があるのか。
あるいは、聞く相手を間違えているのか。
だが、怪しいというだけで、勝手に相手を締め上げるわけにはいかない。
「…………」
咲也は、額《ひたい》に流れた汗をぬぐった。
時計の針は、すでに二時を回っている。
時間がなかった。

いずれ高山も、しびれを切らす。
高山は言うだろう。
『最初から私は、警察に報《しら》せろって言ったのよ』
やはり、警察を頼ったほうが有効だったのだろうか。
あのロールスロイスを追っていけば良かったのだろうか。
迷いが生まれ始めていた。
弱気からくる迷いではない。
咲也はあまりにも、大きなものを抱えていた。
敦郎。
リュシフェル。
そして愛音。
自分が判断を間違ったら、大切なものを失ってしまうことになる。
咲也にとって、あまりにも大切なもの。
絶対に失ってはならないもの。
命にかえても、守らなければならないもの。
愛音——
(愛音)

咲也は、心の中で愛音に呼びかけた。
(愛音。俺を呼べ、愛音)
咲也が五感をとぎすませ、辺りを見回した時。
よどんだような街の中を、ふと風が吹き抜けた。
その風の中に咲也は、甘く強い香水の匂いをかいだような気がした。
ファーストフードの店で目にした、女物のハンカチ。
そのハンカチからフッと、たちのぼってきた香り。
愛音の香りではない、けれどかいだ瞬間、『何か』を感じた香り。
「………」
その香りが一瞬、どこかから流れてきたような気がして、咲也は首をめぐらした。
もとのネイザン・ロードに出る。
例のロールスロイスの曲がっていった方向だった。
油蔴地のはずれで、あと五十メートルも歩けば旺角《ウォンコッ》駅に行き着く。
ふと、うらぶれた印象の店が目に入った。
看板には『桌球曾』、つまりビリヤード場とある。
咲也は、その中へ入っていった。

店は階段を下りた薄暗い地下にあった。

煙草《たばこ》の煙で煤《すす》けたようなガラス戸を押し開けると、
ギイ……

ドアに鍵はかかっていず、色ガラスをはめこんだドアは、きしみながら内側へ開いた。

「………」

咲也は目を細め、薄暗さに目が慣れるのを待つ。

店内には、二人の男がいた。

外見だけでは、客なのか従業員なのかはわからない。

咲也は、その二人に向かって歩いていきながら広東語で聞いた。

「麗蘭という女を知らないか？」

「………」

二人の男は、顔を見合わせてから、ちらりと咲也のほうを見ただけだった。

さっきの町中では、広東語で話しかけても、

『広東語はわからない』

とジェスチュアで答えてくる相手がいた。

もちろん、英語も日本語もわからないので、字を書いて質問をするしかなかった。

が、薄暗いホールで玉を突いていた二人には、

「…………」

言葉はわかっているが、明らかに咲也を無視しようという雰囲気が見えた。

咲也は辛抱づよく、もう一度聞いた。

「麗蘭という女を知っているか？」

咲也の言葉には答えずに、一人がいきなり言った。

「出ていきな、ガー仔《ジャイ》」

「…………」

『ガージャイ』とは、日本人に対する蔑称《べっしょう》だった。

さっき捕まえたスリの男が発した『日本仔《ヤップンジャイ》！』という言葉よりも、さらに悪意を込めた言葉だ。

日本人を嫌うアジア人は少なくない。

が、それも、理由もなく忌《い》み嫌っているわけではない。

咲也には、いきなり蔑《さげす》みの言葉を投げつけられる理由はなかった。

確信を持って咲也は言った。

「知っているんだな？」

「…………」

二人の咲也を見る目つきが、ますます険悪になった。

「人探しのマネなんかして、映画にでも出ているつもりかい？　色男さんよ」

一人が笑う。

咲也の整った目鼻だちを揶揄《やゆ》して言っているのだ。

咲也は取り合わなかった。

もちろんその場も動かない。

すると、もう一人が、

「おい、『出ていけ』と言っただろ！」

ドスをきかせた声でそう言うなり、咲也の顔に向かってビリヤードのキューを突きつけてきた。

咲也は難なくキューの先を摑むと。

そのままグイッと、自分の方向へ引っぱった。

「うわっ」

引っぱられた男の体が、バランスを崩して前のめりに倒れる。

その時には咲也はもちろん、素早く体をかわしている。

男の体はそのまま、ビリヤード台に突っ込んだ。

ドスン！

それからビリッ………と、布の裂ける音がする。

ビリヤード台に張ってあるラシャが破れたのだろう。

咲也は、台の上にぶざまに大の字になった男をチラリと振り返ってから、

「質問に答えてもらおう」

もう一人の男に詰め寄った。

「野郎―――」

男は、チッと舌を鳴らすと。

よれたシャツのポケットから、飛び出しナイフを取り出した。

パチンと音をたてて、刃を飛び出させる。

ナイフの刃先が、薄暗い照明を映して鈍《にぶ》く光る。

その過剰なまでの反応は、『麗蘭の居所を知っている』と、咲也に答えたようなものだった。

じりっ………と咲也が間合いを詰める。

ナイフを構えたまま、男は一歩下がる。

咲也が一歩前へ出る。

男はもう一歩下がり―――後ろを振り返って、もう後ろが壁しかないことに気付く。

咲也は、もう一歩、男に近づいた。

追い詰められた男は、

「野郎っっ」

半ばヤケ気味に、ナイフを振り回しながら咲也に向かって突進してくる。

咲也はスッと体を開き。

次の動作で、男のナイフを持った手首に、右手を振り下ろす。

カチャーン……

ナイフが音をたてて床に落ちた。

「騒ぐな」

咲也は、手首を押さえてわめく男に、広東語で言った。

床に落ちたナイフを拾い上げる。

男は、『痛い』とわめき続けていたが、

「俺の言っていることがわかるな？」

咲也が拾い上げたナイフをちらつかせると、一転して沈黙する。

「さっきの質問に答えてもらおう」

「……………」

男は、顔をそむけて、ふたたび口をつぐんでしまう。

しぶとい性格なのか、それとも麗蘭を恐れているのか。

けれど咲也にとっては、この男があとでどうなろうと知ったことではない。

「さっき、『映画にでも出てるつもりか?』と俺に聞いたな」

静かに咲也は口を開いた。

「その通り。これは映画でも、TVドラマの撮影でもねえ」

そう言いながら、飛び出しナイフの刃を、ツッと男の頬にすべらせる。

「ヒイッ――」

男が音をたてて息を飲んだ。

低い声で咲也は続ける。

「ナイフで刺せばケガをするし、死んだら二度と生き返れないんだぜ」

「…………」

男の頬には、細く小さな傷ができていた。

傷と言っても、髭《ひげ》を剃《そ》っていてできたくらいの小さな切り傷に過ぎない。

けれど、咲也の迫力には鬼気迫るものがあった。

本当に殺されかねない。

相手にそう感じさせるだけの殺気を、体全体に漂わせていたのだった。

「…………」

男は、完全にパニックに陥《おちい》った。

今度は、しゃべろうとしても声にならない。

それほど、今の咲也には迫力があった。

「質問に答えるな？」

咲也は、ナイフの刃を柄《つか》に収めて男に聞いた。

もう一人の相棒は、ビリヤード台の上にのびたままだった。

「答える。何でも」

男は、できそこないの人形のように、ガクガクと頭を何度も縦に振った。

鏡の中の悪女

どれほどの時間が過ぎたのか、わからなかった。

夏だというのに、ひんやりとした空気のコンクリートの壁の中で。

「ねェちゃん……」

膝を抱えて座り込んでいた敦郎が、ぽつりとつぶやいた。

敦郎と血のつながらない姉・祐香が、公認の恋人同士になってから、まだそれほど日がたっていない。

それまで敦郎はずっと祐香を、『ねェちゃん』と呼び続けてきた。

それがクセになっていて、まだ時々敦郎は、祐香のことを『ねェちゃん』と呼んでしまうことがあった。

「敦郎くん？」

愛音は心配になって、敦郎の顔をのぞき込む。

すると、

「俺さ……」

両膝を抱えたまま敦郎は、誰に言うともなくつぶやきを口にした。

「俺って、小さい頃は、すごくチビだったんだ」

「……」

愛音が、どう答えたら良いのかわからないでいると、

「ねェちゃんのほうが俺より大きくて、強かった。俺が近所のヤツにいじめられて帰ってくると、『敦郎のカタキはあたしがとる』って言って出ていって……」

そこで敦郎は、その時のことを思い出したのか、小さく笑う。

「ケンカをして、全員やっつけて帰ってきて、母ちゃんに『女の子なのに……』って怒られてた」

敦郎は楽しそうに続けた。

「でも、ねェちゃんと俺、ケンカした記憶がぜんぜんないんだ。小さかった子供の頃から、ずっと……」

「……」

（敦郎くん――）

愛音が何も言えずにいると、

「心配してるだろうな、ねェちゃん……」

ぽつりと、敦郎はつぶやいた。

「ねェちゃんだけじゃない。咲也も、雪も、サン太もＴＯＷＡも――」

敦郎はそこで、クスリと笑う。

「高山さんなんか、頭にツノが生えてたりして」

指を立てて、頭に角の生えるジェスチュアをしてみせる。

「『もう、スケジュールがメチャクチャよ！　いったいどうしてくれるの！』なんて言って……」

「敦郎くんったら……」

つられて愛音も、クスッと笑った。

「あ、でも、きっと咲也が、俺たちを助けにきてくれるよ」

敦郎は、片目をつぶってみせる。

「香港映画のヒーローみたいにさ、かっこ良く、『愛音、助けにきた』って……」

「うん」

愛音はうなずいた。

（敦郎くんだって、怖くないはずはないのに……）

敦郎なりに、愛音の気持ちを引き立てようとしてくれる。

一生懸命、愛音をかばおうとさえしてくれる。

敦郎の気持ちが、愛音は嬉しかった。
もちろん、言葉も方法も、咲也とは違う。
咲也とは違うけれども――
咲也……
(怖くない、怖くないよ)
麗蘭が来て、自分を脅すようなことを言うたびに。
愛音は自分に、心の中で言い聞かせる。
咲也は、どんな時にも、自分を助け、守ってくれると。
作詞を始めたばかりの頃、スタッフにつらく当たられた時も。
心ないファンの攻撃にあった時も。
ラルフにホテルに閉じこめられてしまった時も。
車に撥《は》ねられそうになった時も。
マスコミの取材攻勢にさらされそうになった時も。
咲也は全身で、愛音を守ってくれた。
いつも、いつも――
(きっと、咲也が来てくれるもん。信じて待ってる)
待ってる……

そう自分に言い聞かせて、愛音が目を閉じた時。

カツ、カツ。

廊下の外で音がした。

また麗蘭がやってきたのだった。


現れた麗蘭は、太股《ふともも》まで大きくスリットの入った、セクシーなシルクのチャイナドレス姿だった。

香水も、さっきより強く香っている。

「咲也が来るわ」

麗蘭は愛音と敦郎に、いきなりそう言った。

「えっ」

愛音が大きく目を見張り。

敦郎が、腰を浮かしかける。

「私の手下を脅して、ここを聞き出すのに成功したみたい。さすが、鮮やかなものね」

麗蘭は言った。

けれど麗蘭が、危機感を持っている様子はなかった。

むしろ、嬉しそうな、楽しそうな口調だった。

咲也が来るのを待ちわびているような――

「私を追って、やってくるのよ。私が探し続けた理想の男……」

麗蘭は、酔ったような目つきになっていた。

「咲也がここを訪れる時。それが、私が咲也を手に入れる時よ」

手に入れる。

愛音は、ふっと嫌な予感がした。

「今まであなたを殺さずにおいたのが役に立ったわね、お嬢ちゃん」

麗蘭は、残酷そうな笑みを浮かべた。

「あなたを探して、咲也は必ずここへ来るものと、私は確信していたの。ここを突き止められないような男は、私の恋人にはふさわしくないもの」

ほほほほ……と麗蘭は、喉を仰向《あおむ》けて笑った。

「私が欲しいと思ったもので、手に入らなかったものは何もないわ」

「………」

麗蘭は、勝ち誇ったように愛音を見下ろした。

「いらっしゃい。あなたがたをここから出してあげるわ」

麗蘭は深紅のマニキュアを塗った指先で、愛音と敦郎を手まねいた。
同時に、部下の男が、愛音と敦郎の後ろに回る。
出ろ、と言われれば出るしかない。
けれども、どこへ連れていかれるのだろう?
(咲也……)
わけのわからない不安に、愛音は包まれる。
咲也がここに来る。
麗蘭はそれを、嬉々として愛音に語った。
どういうことだろう?
どういうつもりでいるのだろう?
長い細い廊下を歩いていくと、やがて突きあたりに出た。
そこからエレベーターがある。
麗蘭は、楽しそうに愛音たちを振り返って言った。
「特別席を用意してあるの」

エレベーターを上がって、最上階。

「えっ？」

愛音も敦郎も、驚いた。

二人が監禁されていた場所は、ペニンシュラやハイアットほどのクラスでこそないけれど、れっきとした名のあるホテルだったのだから——

「ふふふ、驚いたようね」

二人の反応が満足のいくものだったのか、麗蘭は含み笑いを漏《も》らした。

「ここなら、咲也を迎えるのに不足はないでしょう」

麗蘭は言った。

「最高のもてなしができてよ」

スイートルームの扉を開け放ちながら、麗蘭は浮き浮きとした声で言った。

美しい織柄のペルシャ絨毯《じゅうたん》。

大理石のマントルピース。

一つ一つが宝石のようなシャンデリア。

マホガニー製の、優美な猫足の調度品。

天蓋《てんがい》付きのベッド。

そして——

窓全体から見渡すことのできる、百万ドルの夜景。

ため息が出そうに豪華《ごうか》な部屋だった。

このような情況に置かれているのでなければ――

「さあ、あんたたちはこっちよ」

愛音は、乱暴に腕を掴まれた。

ため息が出そうに豪華なスイートの、その隣。

「いや――」

愛音は、首を振って抵抗しようとした。

「さすがに、察しがいいみたいね」

麗蘭が微笑んだ。

「あなたの想像してる通りよ。今からあなたがたに入ってもらう部屋からは、このスイートルームが丸々見えるようになってるの」

「何だって？」

敦郎が息を飲む間もなく。

「さあ、お入りと言ったらお入り！」

麗蘭は、どこから出したのか、小さな拳銃を取り出して二人に突きつける。

部下の男もニヤニヤ笑いながら、ゆっくりと背広の内ポケットに手を入れる。

従うしかなかった。

愛音と敦郎がその小部屋に入るのと同時に。

バタンと背後で扉が閉まり、カチッと外から鍵《かぎ》のかかる音がした。

「さあ、こっちを見てみなさい」

麗蘭の声がするほうに目を向けると。

さっき見ていたスイートルームが、真正面に見えた。

「この鏡はマジックミラーになっていて、そっちからは見えても、こちらからは見えないようになっているの」

麗蘭が、こちらに顔を向けて笑っている。

「同じように、こっちからの声は聞こえるけど、あなたたちがいくら泣こうがわめこうが、そっちの声や音は、私たちのほうには聞こえないわ。試しにやってみたら？」

「くそっ」

敦郎が思いきり、鏡の部分を叩く。

けれど鏡は割れるどころか、びくともしない。

音も麗蘭の側には聞こえていないようだった。

「その部屋が特別製だってこと、わかってもらえたかしら？　このスイートと同じくらい、お金がかかったのよ」

麗蘭は髪をかき上げ、しなを作りながら言った。

「ここで私は、咲也に抱かれるの」

「――……」

敦郎は息を飲む。

「あなたたちはその部屋で、その一部始終を見るのよ。どう？　いい趣向でしょう？」

ほほほほ……と麗蘭は口に手を当てて笑った。

「そんな……なんてひどいことを考えるんだよ！」

敦郎は血相を変えて、鏡を力まかせに叩く。

もちろん、鏡はびくともしない。

「敦郎くん、やめて……」

愛音は、すがるようにして敦郎の手を止めさせた。

力まかせに叩き続けて、敦郎の拳《こぶし》は赤くなっていた。

「この、根性悪女！」

敦郎は大声で叫んだ。

「咲也が、おまえなんか抱いたりするもんか‼」

麗蘭はまだ笑っている。

こちら側で何を言おうが、麗蘭には聞こえないのだった。

「そろそろ時間ね………」

麗蘭は、マントルピースの上の時計に目をやった。

ミラーに向かって化粧を直し始める。

スイートにはもちろんドレッサーも、バスルームもある。

けれど、愛音に見せつけるために、わざとミラーに自分の姿を映しているのだ。

ルージュを引き直した唇が、血を吸ったように赤かった。

トントン。

スイートルームの扉を叩く音がする。

「咲也様がお着きになられました」

麗蘭は、ちらりとミラーの――愛音のほうへ目をやった。

そうしてから、

「お通しして」

優雅な口調で、そう言った。

「………」

ヴェルサーチのスーツに身を包んだ咲也が、部屋に入ってきた。

その物腰はあくまでも洗練され、堂々としている。

もし、咲也の着ているものがヴェルサーチのスーツではなく、Tシャツと洗いざらしのジーンズだったとしても。

咲也の圧倒的な存在感は、豪華な調度品を置いたスイートルームにも負けることはなかっただろう――

(咲也……)

愛音の思いは、言葉にならなかった。

(咲也……!)

麗蘭が、ちらりと愛音のほうに視線を向けてくる。

不安に、胸がふるえる。

足がガクガクしてくる。

『ここで私は、咲也に抱かれるの』

麗蘭は言った。

『あなたたちはその部屋で、その一部始終を見るのよ』

ひどい。

ひどすぎるよ……!

「ようこそ」

麗蘭が、咲也に向かって微笑んだ。

大輪の蘭《らん》の花が咲いたような微笑だった。

愛音の胸の高鳴りが、大きくなった。

『ジェイド・ホテルだ……』
ビリヤード場で、麗蘭の居所を白状させた時。
男の言葉を、咲也はすぐには信じられなかった。
ジェイド・ホテルが、香港でもトップクラスに入るホテルだったからだ。
『ウソをつくな』
咲也は言ったが、男は『本当だ』を繰り返した。
『麗蘭は、元ホテル王の娘だった。ジェイド・ホテルは、麗蘭がオーナーになっている
……』
『……』
そう言われれば、納得するしかなかった。

この期《ご》におよんで、男が嘘をつくはずはない。

ジェイド・ホテル。

雪たちに知らせている時間はない。

警察を呼ぼうという気も、毛頭なかった。

咲也は単身、ジェイド・ホテルへ向かった。

『大河内《おおこうち》咲也様ですね？』

ロビーへ入っていくと。

まるで待ち受けていたかのように、うやうやしく日本語でそう聞かれた。

咲也がうなずくと、

『お嬢様がお待ちでございます』

支配人らしき男は、咲也に深々と頭を下げた。


「ようこそ」

麗蘭は咲也に言った。

「あなたを待っていたのよ。――でも、本当によくここがわかったわね。さすがと言うより他はないわね」

「…………」

咲也は答えなかった。

「さ、かけて」

それを気にする様子もなく、麗蘭は咲也にソファをすすめた。

ソファの隣では、ボーイがシャンパンの用意をしているところだった。

ポン、と軽い音がして、栓《せん》が抜かれる。

二つのグラスに、淡いピンク色のシャンパンが注がれた。

「…………」

麗蘭は、ボーイにちらりと目をやった。

ボーイは、うやうやしく頭を下げて部屋を出ていった。

「私の父はね、ワインの貿易も手がけていたのよ」

麗蘭は、シャンパンのピンク色を楽しむように、グラスを目の上にかざしながら言う。

「日本の商社と提携して、事業を拡張していって、ホテル王とまで呼ばれるようになったけど……悪質なブローカーにはめられて、ほとんどすべてを奪われて死んだの。六年前よ」

「…………」

麗蘭は咲也の顔を見る。

けれど、咲也は表情一つ変えていなかった。

ブルーグレーの瞳に、鋭い光を宿らせて、麗蘭を見ている。

「私は、父の奪われたものを取り返したかっただけ……」

麗蘭は言った。

自分が『黒社会《ハッセーウィ》』に身を投じた理由を、正当なものだと言っているのだった。

「ねえ、咲也」

麗蘭はシャンパングラスを置いて、ソファから立ち上がった。

ゆっくりと腰を振りながら、咲也の座っているソファまで歩く。

咲也の隣に、体を斜めにして腰掛けた。

チャイナドレスの裾《すそ》が割れて、太股まであらわになる。

「私たち、似たもの同士だと思わない？」

「……」

咲也は、横にいる麗蘭の顔をちらりと見たきり、答えない。

「あなたは、アメリカ人と日本人の混血。私はイギリス人と中国人の混血」

麗蘭は、長い黒髪をかき上げる仕草をする。

白いうなじに、ゾクリとするほどの色気が漂う。

「そしてお互い、欲しいものを手に入れるためには、手段を選ばない……」

「………」

麗蘭は、濡《ぬ》れたような瞳で咲也を見上げた。

「あなたが欲しいのよ、咲也」

「………」

咲也が答えずにいると、

「ずっとパートナーが欲しかった」

スッと麗蘭は咲也の肩に、しなやかな指をのばしてきた。

「強くて美しくて力を持った、最高の男。その気になりさえすれば、世界さえ手に入れることのできる男。この私のパートナーにふさわしいと言える男………」

歌うように、麗蘭は言った。

「咲也――それがあなたよ」

麗蘭の指が、スーツの上から咲也の筋肉質の腕を、愛撫するように動く。

咲也はソファに体を沈めたまま、微動だにしなかった。

「咲也………」

麗蘭が、咲也に覆《おお》いかぶさるようにして、唇を重ねた。

（咲也――）

その光景を、愛音はミラーの後ろからなすすべなく見つめていた。

「おい、咲也！」

敦郎が叫んで、鏡の内側をドンドンと叩いた。

「気付けよっ、俺たちここにいるんだよっ！」

けれど、いくら鏡を叩いても、咲也の反応はない。

やはり、向こうにこちら側の声は届かないのだ。

「チクショウ………」

うめくように敦郎は言って、唇を嚙《か》んだ。

「あなたが欲しいわ………」

長いキスを終えたあと。

麗蘭は体を起こして、自分から天蓋付きのベッドまで歩いていった。

さりげなく髪をかき上げながら、ちらりと鏡のほうに視線を向ける。

無造作にハイヒールを脱ぎ捨てて。

麗蘭は、悩ましい体の曲線を強調するように、ベッドに肘《ひじ》をついて横になる。

鼻にかかったような甘い声で、麗蘭は咲也をベッドへ誘った。

「来て、咲也」

アクションムービーみたいに

「………」
咲也はソファから腰を上げた。
立ち上がって、ヴェルサーチのジャケットを無造作に脱ぐ。
ベッドで咲也を見つめる、麗蘭の微笑みが大きくなった。
ヒスイ色の瞳が、勝利に酔ったように輝いている。
シャツの襟をくつろげながら、咲也は麗蘭の横たわるベッドに腰を下ろした。
麗蘭が、咲也に向かって手を伸ばす。
麗蘭は、咲也のシャツの胸の中に手を入れた。
ボタンが弾《はじ》け飛ぶのにもかまわず、シャツの胸を開く。
勢いよく弾け飛んだボタンが、ベッドサイドに転がった。
「咲也………」
麗蘭がため息をつく。

咲也のたくましい上半身があらわになった。

「咲也、ステキよ、咲也……！」

感極まったように言いながら、麗蘭は咲也を押し倒した。

あまりの勢いに、天蓋付きのベッドがわずかに軋《きし》む。

「……」

咲也は、麗蘭の腰に腕を回した。

そのままクルリと、麗蘭と体の上下を入れ替える。

麗蘭の上になりながら、咲也は言った。

「俺は押し倒されるより、押し倒すほうが好きだ」

そう言って、麗蘭の体をベッドに倒していく。

ゆっくりと、スローモーションのように、二人の体が重なった。

麗蘭の白い首筋に、咲也は唇をつけた。

手は麗蘭のチャイナドレスのスリットの中へ入っていく。

「ああ……っ」

麗蘭がため息のような声をもらして、咲也の体に手を回した。

咲也は、麗蘭のうなじに強く唇を押しつけ。

豊かな胸を、手で包み込むように愛撫する。

「あっ、はっ」
麗蘭の首筋に、花びらのような鬱血《うっけつ》の跡《あと》が残された。
麗蘭の肌から、香水が強く香ってくる。
チャイナドレスの裾は、もう太股近くまでめくれ上がっていた。
麗蘭はその足を大胆にも、咲也の足にからめてくる。
植物が根を伸ばして他の植物をからめとるような、そんな動きだった。
咲也はドレスのファスナーを、ゆっくりと下ろしていった。
チャイナドレスの下から、麗蘭の白い肌と、黒いレースのランジェリーがのぞく。
その白い肌に、咲也は顔をうずめた。
「はあっ、ああんっ」
麗蘭は声を上げ、あやしく体をくねらせた。
咲也の裸の背中にしがみついて、爪《つめ》を立てる。
まるで、飢《う》えた獣が獲物をむさぼるようだった。

「ウソだろ——」

つぶやきながら敦郎は、力なく首を振った。
「ウソだろ、咲也……」
信じられない。
（咲也が、愛音ちゃんを裏切るなんて……っ）
『ああっ、咲也っ……』
追い打ちをかけるように、麗蘭のあえぐ声が耳に入ってくる。
敦郎も、耳をふさいでしまいたかった。
わざと愛音に聞かせるために、派手なあえぎ声を出しているのか。
それとも——
（咲也、咲也、咲也……）
愛音は床に座り込んでしまっていた。
涙が、とめどなく流れる。
今までにも、咲也を誘惑しようとする女は少なくなかった。
色々な手を使って、咲也を落とそうと試みた。
けれども咲也は、一度もそれらの誘惑に応じたことはなかった。
残酷なほどきっぱりと、相手をはねつけていた。
けれども、今回は違った。

咲也は、麗蘭の誘惑に応《こた》えている。
それも、愛音の見ている前で――
手が痛くなるまで壁を叩いても、咲也の耳には届かない。
声を限りに叫んでも、咲也の耳には入らない。
(咲也……っ)
耳をふさいでも、麗蘭のあえぐ声が耳に入ってくる。
目を閉じても、二人の姿が目に焼き付いたように離れない。
麗蘭のつけている香水が、ここまで香ってくるようだった。
むせかえるほど強い、花の匂い。
ベッドに入る時、麗蘭は、ちらっと鏡のほうへ目を向けた。
その時の勝ち誇ったような瞳が、愛音の心をズタズタにした。
咲也が違う女の人を抱く。
咲也を奪われてしまう。
胸をナイフで切り裂かれるようだった。
(いっそ……)
涙を流しながら、愛音は思った。
いっそ、本当に、心臓をナイフで裂かれたほうがましだと思う。

このまま咲也と、離れ離れにされてしまうなら。

他の女を抱いている咲也の姿を見るくらいなら――

「ああっ、咲也っ、咲也……」

こらえ切れなくなったように、麗蘭は咲也を求めようとした。

咲也の身にまとっているシャツを脱がせて。

ズボンのベルトに手をかけようとする。

その瞬間、咲也はスッ……と麗蘭から体を離した。

「咲、也?……」

まだ荒い息のまま、麗蘭が咲也に問いかける。

「やめないで、続けて……」

麗蘭は咲也の胸に手を這《は》わせる。

が、咲也はその手を振り払った。

「――……」

息を飲んで麗蘭は、体を起こした咲也を見つめる。

咲也は、ポーカーフェイスのままだった。

あれほど激しく麗蘭を燃え上がらせていながら。

咲也のほうは、息一つ乱していない。

氷のように冷たい瞳で、麗蘭を見下ろしている。

咲也は麗蘭に言った。

「ボランティアはこれまでだ」

「………………！」

麗蘭の顔色が、さっと変わる。

「ボランティアですって⁉」

麗蘭の赤い唇が、わなわなとふるえた。

「こ、この私を――――」

麗蘭は、ものすごい目つきで咲也を睨みつけると。

「この私を侮辱《ぶじょく》した奴は、殺してやる！」

そう叫んで、ベッドのマットレスの下に手を入れる。

が――――

「⁉」

マットレスの下に、麗蘭は隠《かく》していたものを見つけることができなかった。

「ない……」

焦ってベッドの下をまさぐっている麗蘭に、

「あんたの捜し物はここにある」

咲也は薄笑いを浮かべて言った。

その手の中には、小さな拳銃が握られていた。

「いっ、いつの間に⁉」

うろたえる麗蘭に銃口を向けながら、

「あんたの熱演中にな」

咲也は冷然と微笑んで答える。

「……！」

麗蘭は、般若《はんにゃ》の形相《ぎょうそう》になった。

が、頬が赤く染まっているのは、怒りのためだけではなかった。

「動くな」

咲也は、麗蘭の動きを牽制《けんせい》しておいてから、

「愛音」

鏡のほうを振り返って、愛音の名前を呼んだ。

「咲也………？」

閉じ込められたミラーの裏側の中で、愛音は自分の耳を疑った。

咲也は、自分たちがここに監禁されていることは知らないはずなのに――

けれど、

「愛音、聞こえるか？」

もう一度はっきりと、自分の名前を呼ぶ咲也の声が聞こえた。

聞き違いじゃない。

愛音は、声のほうを振り返った。

咲也が鏡の――愛音たちのいる方向に、目を向けている。

「咲也！　咲也！」

咲也の側からは、こちらの姿は見えない、自分たちの声は聞こえないと知りつつ、愛音は鏡の内側を叩いた。

「愛音、そこにいるなら、よく聞け」

ゆっくりと、落ち着いた声で咲也は言った。

「今からそこをぶち破るから、できるだけ頭を低くして鏡から離れてろ」

そう言うと咲也は、鏡に向かって近づいてきた。

「行くぞ」

鏡に向かって、咲也の長い足が飛ぶ。

ガッシャ――――ンッ!!

派手な音がして、鏡が砕け散った。

愛音は頭を抱えて体を丸め、鏡に背中を向けていた。

「…………」

音が静まって、愛音が目を開けた時。

愛音の上に覆いかぶさるようにしていた、敦郎の姿が目に入った。

「敦郎くん!」

愛音が驚いて声を上げると、

「へへっ、大丈夫大丈夫」

服にかかったガラスの破片を払い落としながら、敦郎は微笑んだ。

「愛音ちゃんにケガさせたりしたら、咲也に合わせる顔がないからね」

「ありがと……」

敦郎にお礼を言いながら、愛音が立ち上がると。

「愛音」

砕けた鏡の残骸《ざんがい》の向こうに、咲也の姿が見えた。

「愛音、ケガはないか？」

鏡の残骸を乗り越えて、咲也がこちらへ向かって歩いてくる。

「うん」

愛音はうなずいた。

「敦郎くんがかばって――」

おしまいまで愛音は言えなかった。

気がついたら、咲也の腕に抱きしめられていた。

息ができなくなるくらいに強く――

(咲也……)

「なぜ……」

麗蘭は、茫然《ぼうぜん》と咲也を見つめていた。

「なぜ二人が鏡の裏側にいることがわかったの？　中からの音は決して漏れないし、こっちからは絶対に中を見ることはできないのに」

「…………」

咲也は、ゆっくりと顔だけ麗蘭のほうに向けた。

「答えは、あんたが自ら俺に教えたようなもんだ」

愛音をしっかりと抱きしめたまま、咲也は答える。

「かんたんなことだ。あんたの視線を追ったのさ」

答えながら、薄く唇に笑いを浮かべた。

「俺をベッドに誘いながら、あんたはチラチラと鏡のほうばかり見てた」

「…………」

「普通に鏡を見る目つきじゃなかった。何かの仕掛けがしてあると、すぐにピンときたのさ」

「さっすが咲也」

敦郎が、ポンと手を叩く。

「くっ――――!」

麗蘭は、悔しさに体をふるわせた。

「動くなと言っただろう」

咲也は麗蘭に言った。

拳銃の構え方にも、スキはまったく見せていない。

「ここから出る。途中まで案内してもらおうか」

部屋を出た咲也は。

「先に行け」

麗蘭を前に歩かせ、愛音を自分の左腕で抱き寄せるようにして歩《ほ》を進めた。

愛音には絶対に手出しできないようにだった。

その後ろから、敦郎が続く。

「ボス！」

廊下を警護していたらしい部下たちが近づいてこようとする。

「近寄るな」

咲也は命じた。

「武器を捨てて、壁に手をつけ」

麗蘭をタテにとられているので、部下たちも手を出すことができない。

「持ってろ」

咲也は敦郎に、奪った拳銃を押しつけて言う。

「一瞬だけ、愛音を頼む」

「えっ――――う、うん」

敦郎がうなずくのと同時に、

「悪いが、しばらくの間眠っててもらう」

咲也は、武器を手放した連中の首筋に、手刀を叩き込んだ。

麗蘭の部下たちが、声もなく倒れる。

あざやかな手並みだった。

「行くぞ」

咲也は愛音と、咲也の手際《てぎわ》の良さに見とれている敦郎と、

「あんたもだ」

緑色の目を、獣のように光らせている麗蘭に向かって静かに言った。


咲也たちを乗せて、エレベーターはロビー階に着いた。

ロビーにいる客は、咲也が拳銃を手にしていることに気付いていない。

咲也の構えがあくまでも自然で、優雅でさえあるからだった。

「…………」

外の通りが見え、敦郎がホッと小さく安堵《あんど》のため息をつきかけた時。

「お嬢様…………」

後ろから、支配人の声がした。

咲也が振り返ると。
先ほど咲也を出迎えた初老の支配人が、こちらに銃口を向けていた。
ただし、咲也の側には、麗蘭という人質《ひとじち》がいる。
が。
麗蘭は支配人に向かって言った。
「セイ、撃ちなさい」
麗蘭の目はギラギラと輝いて、咲也を、それから支配人を見る。
「…………」
支配人は、引き金を引けずにいる。
そのわずかの間に咲也は、ロビーからエントランスまでの距離を目で測った。
車寄せに、一台の車が付けられたのが見えた。
再び麗蘭は言った。
「私のことは構わない。この男を撃ちなさい」
『撃ちなさい』——その言葉を、誰かが耳にしたようだった。
客の一人が拳銃に気付いて、大きな声を上げた。
支配人の注意が、わずかにそれる。
咲也は、その一瞬に生じたスキを見逃さなかった。

麗蘭を、支配人に向けて突き飛ばす。
「あっ！」
二人は、折り重なるようにして倒れる。
「今だ」
咲也は、愛音を抱きかかえるようにして走り出した。
敦郎も続く。
走っている途中で、咲也は愛音に言う。
「耳、ふさげ」
愛音が耳をふさぐと、咲也は、
パン！
パン！　パンッ………！
天井に向けて、続けざまに三度引き金を引いた。
悲鳴が上がり、騒ぎがさらに大きくなった。
ロビーは右往左往する人で大混乱となる。
支配人のセイと呼ばれた男には、麗蘭と違って分別がある。
咲也はそう判断していた。
人のいるロビーで、闇雲に銃を撃ってくることはない。

咲也たちはエントランスへ走り出た。

車寄せに、オープンタイプの赤のスポーツカーが駐《と》められてある。

「悪いな」

咲也はベルボーイの手から、客から預けられたキーを奪った。

愛音を助手席に乗せ、咲也は運転席に収まる。

敦郎も素早く、後部座席に乗り込んだ。

咲也は車をスタートさせた。


ジェイド・ホテルがたちまち遠ざかっていく。

「ふーっ」

敦郎が、シートに背中をぐったりと預けてため息をつく。

「助かった――」

「いや」

咲也はバックとサイドのミラーに目を走らせながら言った。

「まだ安心するのは早すぎるぜ」

咲也はギアをトップに叩き込む。

その後ろから、猛スピードで近づいてくる車があった。

信号も、他の車もすべて無視して追ってくる。

走っている車の数を考えたら、かなり無茶な運転だった。

「もしかして……」

振り返った敦郎が、追ってくる車を認めて息を飲む。

「わっ、あの女、追ってきてる！」

追ってくる黒のベンツの中に、麗蘭の姿が見えた。

「だから言っただろ、安心するのは早いって」

咲也はアクセルを踏み込んだ。

「くそ、あんまり加速が良くないな」

咲也はつぶやく。

自分の愛車のフェラーリと比べているのだった。

が、文句は言っていられない。

絶妙のハンドルさばきで、車と車の間を縫うように走る。

パン！

爆竹がはぜるような音がした。

パン！　パン！

町中であるのにもかかわらず、相手は拳銃を撃ってきた。

麗蘭が拳銃を構えている。

「ウソだろ……」

敦郎は信じられないといった顔でつぶやく。

「映画じゃないんだぜ」

パン！　パン！

ふたたび銃声。

「伏せてろ！」

咲也が急ハンドルをきる。

「ひえっ……」

敦郎は頭を引っ込める。

オープンカーに乗っているこちらは、それだけ標的になりやすい。

「敦郎、撃ち返せ」

咲也が敦郎を振り返って言う。

「当たらなくてもいい。撃ち返せば相手もひるむ」

言いながら咲也は、また急ハンドルを切る。

パン！　パンッ！

銃声がして、銃弾がすぐ横を通り抜けていく音がする。

シートに身を伏せながら、敦郎は叫んだ。

「無理だよっ！」

空の星ごと抱きしめて

百万ドルとうたわれる夜景。
街を彩《いろど》るイルミネーションが、ものすごいスピードで後方へ流れていく。
ミラーで後ろを見ていた咲也が、
「チッ」
前方に目を移して、短く舌を鳴らした。
「なに？」
後部座席の敦郎が、目から上だけを出した。
咲也の横顔と、そして前方を見る。
二百メートルほど先の信号が、赤になろうとしていた。
麗蘭を乗せたベンツは、ぴったりと後ろについてくる。
信号で停車すれば、追いつかれてしまう。
ただの赤信号なら、無視して走れば済むかも知れない。

けれど、目の前に近づきつつある交差点には、かなりの交通量があった。
幹線道路らしく、ひっきりなしに車の行き来がある。
信号を無視して突っ切ることは、不可能に見えた。
が――
「シートベルトを締めて、しっかりつかまってろ」
咲也は愛音と敦郎に言った。
「え？」
敦郎は目を丸くする。
「まさか……」
敦郎がつぶやいている間に、咲也はアクセルを踏み込んだ。
その『まさか』をやるのである。
グン、と車が加速する。
後ろのベンツを、徐々に引き離していく。
咲也は前方を見つめた。
信号は赤。
車の切れ目は、ほとんどない。
突っ切れるか、否か。

これは、麗蘭との勝負ではなかった。
相手にはまったく関係のない、咲也自身の勝負だ。
交差点が目の前に迫ってきた。
車はスピードをまったく緩《ゆる》めることなく、交差点に飛び込んだ。
「――――」
敦郎は思わず目をつぶる。
咲也の手が、めまぐるしく動いた。
キュキキキキキキッ！
タイヤが鳴り、車体が風を切る音がする。
パッパーッ！
狂ったように、あちらこちらでクラクションが鳴らされる。
車は、ごくわずかに生じた車の隙間と隙間を、ほんの紙一重《かみひとえ》の差ですり抜けた。
間一髪《かんいっぱつ》。
「…………」
敦郎がこわごわと目を開けた時には。
車はすでに交差点を走り抜けていた。
咲也はゆるゆるとスピードを落としていき、路肩に寄せて車を止める。

「無事だった………」

ほーっという長いため息が、敦郎の口から漏れた。

「あたりまえだ」

咲也はポーカーフェイスだった。

冷汗一つかいていない。

「さて」

咲也は、後ろを振り返る。

「あいつらが来れるかどうか、高見の見物といこうぜ」

敦郎には、とても長い時間のように思われたけれど。

実際には、ごく短い一瞬の出来事でしかなかったのだった。

信号は、まだ変わっていない。

(連中が追い付いてくる前に、逃げればいいのに――)

敦郎は、そう言い出しかけてやめる。

まだ咲也の『勝負』は続いているのだ。

このまま逃げ回っていても、ラチはあかない。

咲也は、抜群のテクニックと度胸で、切れ目のない車の流れを突っ切ってのけた。

奴らが同じように、交差点を突っ切ってくるかどうか。

――あの麗蘭なら、そうしてくる。

咲也はそう踏んでいるのだった。

それで勝負がつく。

「咲也……」

助手席の愛音が、咲也の名前を呼んだ。

「…………」

咲也はうなずき、愛音の手を膝の上で握りしめた。


一方、麗蘭たちのベンツも、交差点にさしかかろうとしていた。

「信じられねェ……」

ハンドルを握っている一人がつぶやいた。

「あいつら、あの車の流れを突っ切っていきやがった……」

「感心してる場合じゃないよ」

麗蘭が鋭い声で言った。

「あいつと同じようにやるのよ。あそこを突っ切るの」

前の信号は、依然として赤のままだった。

車の流れにも切れ目がない。

「しかしボス、それは無茶――」

「おだまり！」

麗蘭は部下を一喝《いっかつ》した。

「あいつは目の前でやってのけたじゃないの。馬鹿にされて黙っていられるものですか」

「しかし……」

麗蘭の緑の目が、らんらんと輝いている。

「やれと言ったらやるのよ！」

叫んで麗蘭は拳銃を抜いた。

「このまま、スピードを落とさずに突っ切りなさい！」

運転手に銃口を突き付けながら命じる。

「ア、ア、ア……」

運転手はガクガクとふるえ出した。

このまま交差点を突っ切ることを恐れているのか、それとも狂気じみた麗蘭に怯《おび》えているのか――

麗蘭を乗せたベンツは、赤信号を無視して交差点に入った。

が――

右から、大型のトレーラーが走ってきた。

「わああああっ！」

恐怖に耐えきれず、運転手は、ハンドルを左へ切ってしまった。

キキイ――ッ！

スピードを出し過ぎていたため、車は方向を失ってスピンする。

ガシャンッ！

トレーラーにぶつかって一回転し、ガードレールを突き破って路肩に乗り上げても止まらず、通り沿いにあったレストランに突っ込んだ。

エンジンからもうもうと上がる白煙が、咲也たちのいる道路の向こう側からでも見ることができた。

「………」

咲也が、ふっと短く息を吐く。

その横顔には、勝利の満足感が漂っていた。

咲也の読んだとおり。

逆上した麗蘭は無謀《むぼう》な勝負に挑《いど》み、無残に敗れたのだった。

「あいつら、大丈夫かなあ？」

敦郎が伸び上がって、レストランに突っ込んだ車を見やりながら言う。

レストランは、営業時間を過ぎていたらしく無人だった。

通りでも、それほどひどい騒ぎは起きてはいなかったが――

レストランに突っ込んだ麗蘭たちの車は、まだ白煙を上げ続けている。

「ベンツだから、死にはしないさ」

咲也は事もなげに答え、

「愛音」

手を伸ばして助手席のシートベルトを外し、愛音の体を抱き寄せる。

「もう大丈夫だ」

愛音の髪に唇を寄せるようにして、咲也が囁くと。

「――っ………」

愛音の肩が大きく波打った。

不安。恐怖。寒さ。淋《さび》しさ。心細さ。

今までこらえていた感情のすべてが。

咲也の言葉で、堰《せき》を切ったように溢《あふ》れ出す。

「咲也、咲也、咲也っ……」

愛音は咲也の腕の中で、激しくしゃくり上げた。

「怖かった……っ、すごくすごく怖かった……」

「……」

咲也は何も言わずに。

泣きじゃくる愛音の体を、強く強く抱きしめる。

しばらくの間、そうしていた。

愛音の心が落ち着き、堰を切ったような涙が止まるまで――

サイレンの音が聞こえ始めた。

警察か救急車が到着したらしい。

愛音は、咲也の胸から顔を上げた。

「ごめんなさい、咲也」

咲也を見上げながら、愛音は素直に謝った。

「すごく心配かけて――それから、咲也に黙って出かけたりして……」

「もういい」

咲也は、涙に濡れた愛音の頬を、手のひらで包み込みながら言う。

「おまえが無事で良かった」

「あの、そのことなんだけど――」

今まで黙って二人を見ていた敦郎が、後部座席で口を開いた。

「本当にごめん。申し訳ない。全部俺の責任なんだ」

敦郎は神妙に頭を下げる。

「腹が立ったら、思いっきり殴ってくれていい。俺のせいで愛音ちゃんは――」

敦郎の言葉が終わらないうちに、
ボカッ！

咲也の拳が、敦郎の頭を殴っていた。

「いってーっ……」

敦郎が涙目になって頭を抱える。

「いきなり殴るなよー。舌噛んだ……」

敦郎が頭を抱えている間に。

咲也はイグニッション・キーを回し、車を発進させていた。

「謝る相手を間違えるな」

ハンドルを操りながら、咲也は敦郎に言った。

「よく考えろ。誰に一番最初に、おまえが謝らなきゃいけないのか」

「…………」

「おまえが誰に一番心配をかけたのか――」

そう言いながら咲也は、敦郎に携帯電話を投げ渡す。

「ホテルの番号は登録してある。一刻も早く、無事な声を聞かせてやるんだな」


「敦郎！」

咲也の運転する車が、ホテルの車寄せに止まるか止まらないかのうちに。

「敦郎っ！」

敦郎の名を呼びながら、エントランスから祐香が走り出してきた。

「敦郎……！」

「ねェちゃん！」

敦郎が、車を飛び降りる間ももどかしく。

敦郎と祐香は、お互いの体に腕を回して、しっかりと抱き合った。

「無事で良かった、敦郎………」

祐香は敦郎の腕の中で言う。

「わたし、どんなに心配したか……」

「ごめん」

敦郎は、抱きしめる腕にいっそう力を込めながら祐香に言った。

「ごめん祐香、心配かけて悪かった……」

「敦郎……」

祐香は顔を上げて敦郎を見て、ホッとしたように微笑む。

次の瞬間、その体から、フッと力が抜けていた。

「ねェちゃんっ⁉」

敦郎はあわてて、倒れそうになった祐香の体を抱きとめる。

祐香は敦郎の腕の中で、気を失っていた。

「無理もない」

雪が近づいてきて言った。

「祐香さん、おまえや愛音ちゃんのことが心配で、一睡もしていなかったからな」

「『敦郎が帰ってきた時のために』って、毎回食事の用意もして……」

隣でTOWAもうなずいた。

「ホントに心配させやがって、このっ」

サン太は敦郎の頭をポカリと殴った。

「いってーっ！」

祐香を片腕で支えながら、もう一方の手で敦郎は、殴られた頭をさすった。

「さっき咲也にも殴られたんだぜ。同じ所殴んなよ……」

「――まったく、それぐらいで済んだことに感謝なさい」

いつの間に来ていたのか、高山が敦郎に向かって言った。

「ギリギリだったのよ。あと五分、あなたたちからの連絡が遅かったら、警察に届けていたところ」

高山は、腕にはめたブルガリの時計を示しながら言ったあとで、

「お疲れ様。とにかく無事で良かったわ」

咲也と愛音のほうに顔を向けて、婉然《えんぜん》と微笑んだ。

「お帰りなさい、咲也」

愛音と敦郎は、大事をとって一晩病院で過ごした。

過労と睡眠不足で倒れた祐香も一緒だった。

二人はそこで香港警察から、ごく簡単な事情聴取を受けた。

そして、咲也への事情聴取も、意外なほど簡単なものに終わった。

結果的に、警察に届けずにいたことが功《こう》を奏《そう》した形になった。

『二人との連絡が取れなくなったので、みなで手分けして探していた』

咲也は、事情聴取でそう答えていた。

『偶然二人をジェイド・ホテルで見かけて、悪そうな連中にからまれていたので、車で逃げた。夢中だったので、あとのことはあまり覚えていない』

「よく言うわね」

高山はそう言ったけれど、目は笑っていた。

愛音も敦郎も祐香も、翌日にはもう退院していた。

心配された敦郎の体力にも、まったく問題はなく。

退院したその日に、通しでリハーサルもやってのけた。

「心配なのは頭だよっ。咲也もサン太も、思いっきり殴ってくれちゃって……」

ぼやく敦郎を、サン太は『やれやれ』という目で見る。

「まったく、誘拐されてたヤツのほうが元気とはね……」

香港島。

セントラル地区からヴィクトリア・ピークに向かう丘の高さを利用して。

リュシフェル・香港ライブのステージは派手に、そして大がかりに作られていた。

「いよいよだわね」

リハーサルを見ながら高山は、腕組みをして何度もうなずいていた。

「さあ、いよいよ明日が本番よ」

高山は、メンバーそれぞれの顔を見渡して言う。

「あなたたちの力を、アジア全土に見せつけてちょうだい」


対岸の香港島が、無数の星を撒《ま》き散らしたように輝いて見える。

「本当にキレイだね……」

窓に手をついて夜景を眺めながら、愛音はつぶやいた。

「ああ、きれいだ」

窓に、バスローブをまとった咲也の姿が映ったかと思うと。

愛音は咲也に、背後から抱きすくめられていた。

「二日間も――おまえの姿を目にすることができなかった」

咲也が言葉を発するたびに。

熱い咲也の息が、愛音の耳から首筋を、甘くすぐっていく。

「違うよ、咲也……」

咲也の腕の中で、愛音は身じろぎする。

咲也の体から、つけたばかりのコロンが香って、愛音を包む。

その匂いをかぐだけで愛音は、めまいのような感覚に襲われる。

「あたしは、夜景がきれいだって――」

咲也は、愛音に最後まで言わせなかった。

「そんなものより、俺はおまえを見ていたい」

囁くように咲也はそう言うと。

愛音の髪をかき上げ、後ろから首筋に唇を這わせる。

「あっ……」

咲也の唇に触れられて、愛音の体にさざ波が走る。

咲也は、愛音の着ているワンピースのファスナーを下ろしていった。

「ダメだよ、明日は……」

明日はライブの日なんだから――

そう言おうとした愛音の唇は、咲也のキスでふさがれてしまう。

「んっ――」

咲也の手が、愛音のランジェリーのホックにかかる。

「あっ、ダメっ……………」

愛音がそう言うより前に、パチンという音がして、
パサ………

身につけていたレースの下着が、愛音の足元に落ちていた。

咲也は愛音の体を、自分の正面に向き直らせた。

「やっ………」

愛音は、両腕で胸を押さえて、自分の体を隠そうとする。

「隠すな」

肌を隠そうとする愛音の手を、咲也は外させようとする。

「俺に隠そうとするな」

ゆっくりと咲也は言った。

「おまえがしようとしていること、おまえが考えてること、おまえが望んでること……」

「………」

「おまえの体、おまえの欲望」

言いながら、咲也は強引に、愛音の手をどけさせた。

「おまえのすべてを――」

「あっ……」

白い肌があらわになり、恥ずかしさで愛音の体が鴇色《ときいろ》に染まる。

咲也は、鴇色に上気した愛音の胸に唇を触れた。

「ダメっ、咲也」

けれど、言葉とはうらはらに。

熱に溶かされたように、愛音の足から力が抜けていく。

軽々と抱き上げられ、シルクのシーツの上に横たえられる。

バスローブを脱いだ咲也が、愛音の足に指を這わせる。

壊れやすいものに触れるように優しい、けれど巧みな動きだった。

「あっ、咲也っ――」

オーストリアの職人の手による豪華なシャンデリアが、二人の頭上に輝いている。

けれど、シャンデリアの光も、百万ドルの夜景も。

もはや愛音の目には入らなかった。

目の前にいる咲也だけ。

咲也だけが、愛音にとってのすべてだった。

「愛音……」

体全体で包み込むように、咲也が体を重ねてくる。

「あっ――咲也っ」

愛音の体を、何度も何度も快感が突き抜けていった。

シーツにすがり、声を殺そうとするけれど、こらえ切れない。

「咲也……っ」

何かにさらわれていってしまいそうで。

愛音は、咲也の体に腕を回してしがみつく。

「あたしを……離さないで……」

「ああ……」

咲也は、折れるほどに力を込めて、愛音の体をかき抱く。

「離さない。絶対に」

苦しいほどに抱きしめられて。

愛音は、かすむように、自分の気が遠くなっていくのを感じていた。

大空の誓い

香港島・セントラル地区。

この日のために作られた大がかりなステージの周囲は、開演を待つ五万人のファンで溢れ返っていた。

リュシフェルのアジア進出第一歩を見るために、日本からツアーを組んでやってきたファンが、約一万人。

それ以外は、地元香港をはじめ、アジア各地から集まってきた観客だった。

時折、海側から風が吹きつける。

が、辺りにたちこめた熱気は去らなかった。

太陽が、ヴィクトリア・ピークの方向へ沈んでいく。

真夏の残光が、丘の端をオレンジ色に染めた瞬間。

シュンッ……！

ステージの前面から、勢いよく花火が立ち上がる。

目がくらむようなレーザーの光が、ステージを駆け抜け。

そのレーザーの束の中から、シルエットとなって咲也が姿を現した。

「咲也！」

「咲也ーっ！」

観客席から咲也を呼ぶ、悲鳴にも似た声が次々と上がる。

マイクを手に、咲也が歌い出す。

魂《たましい》ならいくらでも売ろう
言葉よりｋｉｓｓより
欲しいものがあるだろう
ひざまずいて口づける
火酒《ウォツカ》のようなアブソリューティズム

レーザー光線が次々と、リュシフェルのメンバーの姿を浮かび上がらせる。

「雪ーっ」

「敦郎!!」

敦郎の冴えたギターの音がステージに響きわたり。

雪の流麗なギタープレイが、観客のテンションをマキシマムへと導いていく。

サン太がめまぐるしくスティックを動かし。

ＴＯＷＡが激しくベースをかき鳴らす。

天国と地獄　味わいつくす禁断の果実
とけてるのは頭　体　それとも……

愛音と祐香は、特別にしつらえられたＶＩＰ席にいた。

ステージからやや距離はあったが、会場全体を見渡すことができる。

そして、咲也たちの作り出す絶妙のサウンドと。

観客が生み出す波動は、確実に伝わってきていた。

「すばらしいわ……」

祐香は、胸の前で腕を組んで。

感に堪《た》えないといった顔でつぶやきを漏らす。

「これが、リュシフェルの世界進出への第一歩——」

つぶやいた祐香の頰を一筋、涙が伝って落ちた。

涙はステージに溢れる光を映して、宝石のようにきらめいた。

「…………」

愛音は、微笑みながらうなずいた。

(良かったね。敦郎くん、祐香さん)

二人の姿を見ていると、愛音も幸せな気持ちになれる。

「あっ、この曲って初めて聞いたわ。新曲?」

祐香はVIP席から身を乗り出す。

五万人を飲み込んだ客席のボルテージは、すでに最高潮に達していた。

もちろん、ステージの上でも――

「まだまだ飛ばすぜ!」

汗に濡れた髪をかき上げて、咲也が観客に向かって声を上げる。

ワアアアアッ!

五万人の観客が、打ち鳴らす手と大きな歓声とで応える。

のべ二十万人を動員した香港ライブツアーは。

リュシフェルの歴史に、また一つの輝かしい足跡を残したのだった。

＊

リュシフェルの軌跡に、アジア進出という、新たなる一ページを加えて。

メンバーは、帰国の途《と》についていた。

「――なんていうか、あっという間だったよなあ」

ファーストクラスのシートで足を伸ばしながら、サン太がつぶやいた。

「もうちょっと、オフの時間が欲しかった気もするけどな」

「あれだけファンの子たちが詰めかけちゃ、日本にいるのと変わりないよ」

TOWAがなぐさめるように言った。

「そうだよな」

サン太は、苦笑して言う。

「でも――色々あったけど、なんだかんだ言って楽しかったな、今回」

ツアーの大成功が、メンバーの自信をさらに深い、不動のものにした。

いつか世界へ――

その夢を、単なる夢物語に終わらせないだけの実力。

自信は確信に変わっていく。

「まったく、『楽しかった』なんて……私はストレスでお肌が荒れたわよ」

後ろのシートで、高山がブツブツ言っている。

「まあもっとも――そんなふうに言えるってことは、大物ばかりが揃《そろ》ってるってことなのよね」

誰にともなく、高山はつぶやく。

「これからがますます楽しみだわね」

往路では、『同行は許さない』と断じた高山だったけれど。

復路で愛音と祐香がメンバーと同じ機で帰国することになっても、一言も口を差し挟まなかった。

高山なりに気を利かせてくれたのか。

それとも、ツアーを成功させたことへのご褒美《ほうび》なのか――

敦郎と祐香は、二人で並んで座っている。

その祐香の指には、新しい指輪が光っている。

短いオフの間に敦郎と街へ出て、二人で選んで買ったものだった。

そして。

咲也と愛音も、二人並んで座っていた。

言葉はほとんど交わさない。

けれど二人の手は、肘掛の上で、しっかりとつながれていた。

(みんなが言うとおり、本当に色々あったけど)

愛音は思った。

今回のアクシデントで、よりいっそう、二人の絆《きずな》が深まったのを感じていた。
何があっても離れない。
どんなことがあっても、つないだこの手を放さない。
咲也を信じてる。
咲也を愛してる。
これからも、咲也とずっと——
「皆様、当機はただ今より、新東京国際空港へ向けて徐々に高度を下げてまいります」
アナウンスが入り、わずかずつ機体が降下を始めたのがわかった。
窓から、セルリアンブルーに輝く海が目に入る。
「…………」
愛音の気持ちが伝わったのかも知れない。
自分の手を握る咲也の手に、ほんの少しだけ力が込められたように、愛音は感じた。
機体が旋回を始めて、見慣れた東京の街並みが、眼下に見えてきていた。

THE END

あとがき

こんにちは。

約半年ぶりになります、髙橋《たかはし》ななをです。

今回は、コミックスの本編には登場しない、リュシフェルが香港《ホンコン》ツアーへ出た時のお話です。

私自身は香港には、六年前に旅行しました。

地元の人しか行かないような、ローカルなスーパーで買い物したり。

チャイナドレスのお姉さんの美しい足に見とれたり。

食べ物は美味《おい》しかったけれど、パクチーだけはどうしても食べられなかったり。

ホテルをチェックアウトする時、見てもいないHビデオの金額を請求されそうになったり
(女の子三人で行ったのに)………

でも、百万ドルの夜景も、咲也《さくや》みたいな人と一緒だったら、もう少しロマンチックに見られたかも知れないなあ(笑)。

今回は敵役《かたき》に、セクシーな美女が登場します。美形の男性でも良かったんですが、それでは咲也とのラブシーンができない、ということで、年上の美女になりました。

前回のノベライズ作品、『90日の伝説《レジェンド》』で登場した美女・クレアも、『気に入った』というお手紙を、何通もいただきました。

咲也や愛音《あいね》ちゃんが魅力的なのは当然、あたりまえのことなんですが。

それとは別に、私の作り出したキャラクターを誉《ほ》めていただけるのも嬉しいんです。

やっぱり、敵役にもそれなりの存在感がないと、咲也のカッコ良さも引き立たない。

『90日の伝説』では、頭脳プレイが目立った咲也ですが、今回はハードボイルド調。

『咲也カッコいい――』

そう言って読んでいただければ、幸せです。

『サン太《た》やTOWA《トーワ》（お手紙には、「TOWA様」とありました）も活躍させて！』というリクエストもあったのですが、なかなかみんなに平等に活躍してもらうのはムツカシイ。

次はなんとか、みんなが活躍できるようなお話を考えることにして……

また、みなさんとお会いできる機会がありますように。

高橋ななを

あとがき

いやあ、もう、今回はまるで、今、ハリウッドでも話題の香港《ホンコン》アクション映画を見ているようでした。いや……マジで、ジョン・ウーあたりに映画を作って欲しいな……なんて。
今回、この小説を書いてもらうにあたって、何本か、ネタを出してもらったんですが、恋愛沙汰《ざた》中心の、原作でもよく出てきそうなエピソードのものが結構あったんです。
私は勝手ながら、前回の作品で髙橋《たかはし》さんの売りはこんな小さなものじゃない、もっとスケールのでかい、私じゃ、絶対描けないようなお話だと思っていたので、香港マフィアが出てきてもいいから、原作の話にはとらわれずに、髙橋さんの自由に書いて欲しいと、編集にお願いしました。で、もう一度ネタ出しをしてもらって、その中に今回のお話があったんですが、やっぱり、今回の話のネタだけ、光ってました。(笑)
で、できあがったものを読んだんですが、わたしの読みは当たってました。やっぱり、こういうものを書いていただくと、ほんとにすごいです。自分が、香港に行ったような気分になるし、映画を見ているような気分でした。なんと言っても、咲也《さくや》にいたってはトムクルーズも真っ青の完璧ブリ。(笑)　読んだ後も、しばらく、あのかっこ良さが忘れられなくて、ぼんやりしてます。なんか、ちょっと、香港に行ってみたいな、なんて思ったり……咲也が

うろうろしていた場所には、危険すぎて、行けませんが……（笑）

アニメの快感♡フレーズも終わって、なんとか落ち着けるかと思ったんですけど、結構忙しい毎日を送ってます。読み切りを描いたり、イラストの仕事が増えたりしているんですが、最近は、イラストをMACで描くようになって、楽しくてしょうがないです。元々、家でじっとしてることができない性格で、仕事が終わると、寝る間も惜《お》しんで、遊び回ってるような私なんですが、今は、MACで描くイラストの研究を始めて、家にいることが多くなりました。しかし、体はやっぱり、外に出ることが好きみたいで、これが、知らないうちにストレスが溜まるんです。そんな時は、買い物に出かけています。今は、南青山近辺を散歩するのが好きです。かわいい雑貨屋さんや、おしゃれなオープンカフェなんかを見つけると、ついつい立ち寄って、ぼんやりと時間をつぶしています。だらだら歩いて、いろんなお店を発見するのが好き。しかし、時間がない。（笑）そんな時間を有効に使いたくて、かなり都心に引っ越したのに都心のおいしさを満喫できてません。

それでも、応援してくれるファンの励ましで、がんばろうと今日も机に向かう日々です。

本誌の方の展開も、かなりすごいことになってて、毎回反響もすごいんですが、これからも盛り上げていくので、おつきあいください。

今回も、楽しい小説を書いていただいた、高橋ななを様、ありがとうございます。そして、いつも支えてくれるファンのみなさまに感謝しつつ、この辺で失礼します。

新條まゆ

『香港狂詩曲《ホンコンラプソディー》』のご感想をお寄せください。

♡おたよりのあて先♡

髙橋ななを先生は

〒101-8001 東京都千代田区一ツ橋二-三-一

小学館・パレット文庫　髙橋ななを先生

新條まゆ先生は

同じ住所で　新條まゆ先生

新條まゆ
しんじょう・まゆ

1月26日生まれのみずがめ座。長崎県出身。血液型はO型。最近、ジャニーズ系アイドルに凝っている。デビュー作は『あなたの色に染まりたい』(1994年少女コミック増刊2月14日号に掲載)。少女コミックで「快感♡フレーズ」が大ヒット!!現在は「悪魔なエロス」を好評連載中!

髙橋ななを
たかはし・ななを

5月17日生まれのO型。日本大学芸術学部文芸学科を卒業。卒業制作で芸術学部賞を受賞。第5回パレットノベル大賞・佳作でデビュー。著書は『サイドシートで眠らせて』『快感♡フレーズ〈特別編〉90日の伝説《レジエンド》、〈熱愛編〉青の迷宮《ラビリンス》、〈N.Y.編〉終わりなき神話《エンドレス・ミサス》』(小学館パレット文庫)、『18才の聖戦《ジハード》』『君という名の星座』『エール』(講談社X文庫)、『ダイヤモンドに輝いて』(勁文社) など。趣味はスポーツ観戦と食べ歩き。

パレット文庫
快感♡フレーズ 番外編 —香港狂詩曲《ホンコンラプソディー》—

2000年9月1日　第1刷発行
2001年5月1日　第3刷発行

著者
新條まゆ　髙橋ななを
発行者
辻本吉昭
発行所
株式会社小学館
〒101-8001　東京都千代田区一ツ橋2-3-1
編集 03 (3230) 5455　販売 03 (3230) 5739
印刷所
凸版印刷株式会社

定価はカバーに表示してあります。

ISBN4-09-421242-6

ノベル既刊本

高橋ななを 著
新條まゆ 原作・イラスト

快感♥フレーズ
〈特別編〉 90日の伝説《レジェンド》

コミックでは描かれなかった咲也の渡米期間「空白の90日間」が、今、小説で明らかに!!

快感♥フレーズ
〈番外編〉 香港狂詩曲《ホンコンラプソディー》

リュシフェルが初の香港ツアーへ出発。そこで愛音《あいね》と敦郎《あつろう》がマフィアに誘拐されてしまい!?

快感♥フレーズオリジナル

快感♥フレーズ〈熱愛編〉青の迷宮《ラビリンス》

中東のリゾート・ドバイ、豪華客船、テロリスト、ロシアンルーレット…。愛音の身体が危ない！　咲也の命が危ない！

快感♥フレーズ〈N.Y.編〉終わりなき神話《エンドレス・ミサス》

リュシフェル全米トップまでの波乱万丈の2年間の軌跡とは!?　咲也と愛音のN.Y.生活もわかる!!

最新刊